D1735031

Nimm an mit, loss'n do

Heiteres aus der Steiermark

Erfahrung

Der Ernst des Lebens fängt erst an,
wenn man trotz allem lachen kann.

Alois Hergouth

Nimm an mit, loss'n do

Heiteres aus der Steiermark

herausgegeben von
Christine BRUNNSTEINER und Elke VUJICA

:STYRIA

Impressum

ISBN 978-3-222-13229-2

© 2007 by Styria Verlag
in der Verlagsgruppe Styria GmbH & Co KG, Wien – Graz – Klagenfurt
Alle Rechte vorbehalten

Styria Verlag im Internet: www.styriaverlag.at

Cover-Illustration: Stefan Torreiter, Oberneukirchen
Umschlaggestaltung und Layout: Andrea Malek, malanda-Buchdesign, Graz
Projektbetreuung: Anneliese Kainer
Druck und Bindung: MKT-Print, Ljubljana

Alle Musikstücke mit freundlicher Genehmigung von BOGNER RECORDS

Inhalt

Vorwort

Die Idee kam von Elke Vujica mit der Frage, ob ich denn ein Buch kenne, in dem es eine Sammlung von „Steirischem Humor" gäbe.

Ich kannte keines. Ich kannte natürlich viele andere Anthologien steirischer Autorinnen und Autoren. Aber in denen war und ist alles Mögliche zu finden: Ernstes, Staatstragendes, unter all dem auch Heiteres. Aber ein Buch, nur mit Texten zum Lächeln, Schmunzeln und Lachen fanden wir nicht. Und so beschlossen wir, eines zu machen, Geschichten und Gedichte zu sammeln, in denen die heitere Seite des Lebens, der Humor, die Leichtigkeit, die Freude (und damit auch die Schadenfreude) im Mittelpunkt stehen sollten.

Was wir als Erstes erkannten: DEN steirischen Humor schlechthin gibt es nicht. Es gibt so viele Spielarten, wie es Gegenden, Mundarten, Menschen gibt in der Steiermark. Und weil wir nicht den Anspruch auf Vollständigkeit erheben wollen und können, haben wir uns darauf geeinigt, eine persönliche Auswahl zu treffen, in der Hoffnung, im vorliegenden Band vieles von dem vereinen zu können, was auch für Sie, unsere Leserinnen und Leser, interessant und erheiternd ist, auch Ihrem Sinn für Humor entspricht.

„Lächeln reinigt die Zähne", sagt man bei unseren Nachbarn in Ungarn. So gesehen tun Sie beim Lesen dieses Buches Ihrer Gesundheit viel Gutes.

Christine Brunnsteiner

Abraham a Sancta Clara
Erzherzog Johann
Der Steirer SEPPEL

Das Hornvieh
wird durch
die Besitzer
selbst erzeugt

Abraham a Sancta Clara

Nein, Abraham a Sancta Clara (geboren 1644 als Johann Ulrich Megerle) war kein Steirer, auch kein Österreicher, er war Schwabe, wirkte aber viele Jahre als Hofprediger in Wien und kam während dieser Zeit immer wieder als einfacher, aber äußerst beliebter Sonntagsprediger nach Graz. Hier vollendete er auch sein zweibändiges Predigtwerk „Judas, der Ertzschelm", aus dem folgende Probe seines köstlichen Humors stammt:

Darumb, die Eheleuth müssen ein guten Kopf haben,
dann sie gar offt das Abkämpeln leyden.
Die Eheleuth müssen gute Zähne haben,
dann sie offt müssen etwas verbeissen.
Die Eheleuth müssen gute Finger haben,
dann sie müssen gar offt durch dieselbe schauen.
Die Eheleuth müssen ein guten Rucken haben,
dann sie gar vil müssen übertragen.
Die Eheleuth müssen ein guten Magen haben,
dann sie müssen gar vil harte Brocken schlücken.
Die Eheleuth müssen eine gute Leber haben,
dann es kriecht ihnen gar offt was darüber.
Die Eheleuth müssen gutn Achßeln haben,
dann sie müssen dieselbe offt über ein Sach schupffen.
Die Eheleuth müssen gute Füß haben,
dann es truckts der Schuch gar vilfältig:
mit einem Wort, Patientia ist die erste Haußsteuer,
so die Eheleuth haben müssen.

Erzherzog Johann

*Diese Stelle aus einem unveröffentlichten Brief sowie auch die folgende Anek-
dote nach einer Tagebuchaufzeichnung Erzherzog Johanns haben wir (mit
einem großen Dankeschön) Dr. Hannes Lambauer von der Steiermärkischen
Landesbibliothek zu verdanken.*
*Erzherzog Johann war ja kein besonders lustiger Mensch – das Lachen
wurde ihm vom Leben bald ausgetrieben –, er neigte eher zum Sarkasmus, wie
beide kurze Texte bezeugen.*

Ein Brief

1843 October 27, Stainz
Erzherzog Johann an Thomas Ritter von Moro

Heute am 27. October habe ich Ihr Schreiben vom 4. Octo-
ber aus Klagenfurth erhalten – man sollte glauben, diese Stadt
läge in Spanien, wenn ich die Zeit berechne, welche das
Schreiben bedurfte, um mir zuzukommen; indeß ist mir diese
Schnelligkeit der Post nichts Neues, indem ich am nemlichen
Tag einen Brief vom 11. aus Mahrburg erhielt.
Sie sehen also die physische Unmöglichkeit ein, bey einer
Sitzung zu erscheinen, deren Abhaltung ich erst 3 Tage nach-
her erfuhr.

Wirklich nicht für Frauen gemacht ...

Im August 1817 fuhr Erzherzog Johann seinem Bruder Erzherzog Karl bis Schottwien entgegen und mit einem Zeiserlwagen über den Semmering zurück nach Mürzzuschlag. Dort erwartete ihn eine Gesellschaft, der, zu seinem größten Verdruss, auch einige hochadelige und hochfeine Damen angehörten. Auf alle Fälle, beschloss er innerlich, musste diesen die Lust an weiteren Alpenreisen genommen werden, „die wirklich nicht für Frauen gemacht sind". Die Damen wurden zwar bequem in Sesseln zu den Almhütten auf die Schneealpe getragen, aber sie machten lange Gesichter, als sie das wenig komfortable Nachtlager bemerkten. Als sie dann Näheres über die Lieder wissen wollten, die die Einheimischen angestimmt hatten, war Erzherzog Johann zu keiner weiteren Erklärung bereit, wird sich als wahrer Freund des steirischen Volkslebens vielleicht gedacht haben: Das hieße ja Perlen ..., und deklarierte sie kommentarlos kurzerhand als Wallfahrtslieder.

Eine Badekur

1.

(Im Bade.)

Tannen, Buchen, Eichen, Säuerling, Wolken,
Noblesse, Tombola, und theures Quartier.
Der Koch ist ein Arzt, die Speisen sind also gesalzen
und nichts weniger als billig und sättigend.
Die Nachtigallen schlagen täglich 24 Stunden lang.
Rosen- und Brombeergebüsche, Alleen und
Rosenbänke und mitunter auch Husten, Lungensucht
und Dilettanten-Konzerte.
Wer erkennt nicht einen Badeort?

2.

„Liebes Männchen! Meine Brieftasche ist
leer. Schicke mit umgehender Post 300 fl.
Deine bis in den Tod getreue, Dich ewig

liebende Amalie."

3.

„Aber lieber Schatz! Wo zu allen Teufeln
hast Du bloß das viele Geld hingethan? Wenn Du
wirklich welches sehr nothwendig brauchst, schreibe

es mir. Die Kreditaktien stehen 125, vergiß das nicht.

Dein aufrichtiger und treuer Alfred."

4.

Amalie zerknitterte mit ihren feingeformten
und tadellos kultivierten Händchen das unverschämte
Schreiben ihres Gatten.

„Gnädige Frau", lispelte selbstgefällig und
siegesgewiß lächelnd Herr Schufelhuber, „gnädige
Frau, der Teufel soll mich holen, wenn Ihr
verwünschter Alter nicht augenblicklich Geld schickt,
so viel Sie nur immer benöthigen, vorausgesetzt,
daß Sie schreiben, was ich Ihnen diktire."

Die Angesprochene blickte auf ihren jungen
Freund, der sich so lebhaft für sie interessirte,
daß in dem Momente, als er sprach, die Spitzen
seines Schnurrbartes mit dem Schnee ihres
Schwanenhalses in zarte Berührung kamen, mit jener
unaussprechlichen Holdseligkeit, die nur jungen
Frauen zu Gebote steht, welche an grießgrämige
Alte verheirathet sind, und griff nach der Feder.

Schufelhuber diktirte:

5.

„Lieber Mann! Wenn ich mit Postwendung
nicht 600 Gulden erhalte, wird gezwungen ich
mit Extrapost nach Hause zu reisen.

Deine Amalie."

6.

(In der Stadt.)

„Da haben wir die Bescherung. Sie will
kommen", rief Alfred, mit großen Schritten den
letzten Brief seiner Frau in der Hand haltend,
„was ist da zu thun? Ich muß ihr wohl die
600 Gulden schicken, sonst kömmt sie nach Hause
und verdirbt mir den Sommer."

„Ah, pah, du Tschaperl", entgegnete Fanny
schnippisch und streichelte dem Alten das Kinn,
„nix brauchst du ihr zu schicken. Sie will dort
mit ihrem Liebhaber das Geld verputzen."

„Aber wenn ich keins schicke, kommt sie."

„Na so schreib, du Hascher, ich werde dir diktiren."

Und er schrieb:

7.

„Liebe Amalie! Inliegend findest Du 200 fl.;
Falls Du mehr brauchst, schreibe mir, ich komme
dann selbst, um Dir die verlangte Summe dann
mitzubringen.

Dein Alfred."

Amalien genügten die übermachten 200 fl.
Und sie blieb im Bade, ihr Gemal aber blieb in Graz.

Und die beiden Nebenpersonen sahen, daß es so gut sei.

Und es ward Abend und ward Morgen, bis
die Badesaison vorüber war, und dann nahm das
eheliche Glück des zärtlichen Paares in Graz,

15

wenn auch ein wenig genirt, aber immerhin ungestört, seinen Fortgang.

(H. T.)

Kurzer Roman

Es war einmal ein Kanonier und eine Köchin, welche zu einander in heißer Liebe entbrannt waren. Er sandte ihr eine duftende Blume und schrieb: „Dieses Blümchen weih' ich Dir – Johann Kropatsch, Kanonier." Der Krieg machte ihn hierauf zum Corporal. Er schrieb, sie las: „Meine Lieb' ist überall – Ivan Kropatsch, Corporal."
Und weiter avancirt der Wackere und dichtet: „Meine Lieb' wird immer stärker – Johann Kropatsch, Feuerwerker."
Er wurde Lieutenant. – Lieutenant und Köchin? Das reimt sich nicht. Also setzte er sich hin und schrieb: „Meine Lieb' ist ausgebrannt – Jean Cropache, Lieutenant."

Landwirtschaftlicher Bericht

Das Federvieh ist bloß eine Nebenquelle der Weiber,
daher nicht ausgedehnt.

Die Gärten haben aus Mangel an Kenntnissen keine
Obsterzeugung, und auch schlecht einwirkende Fröste,
sind aber eines guten Grünfutters fähig.

Die Wiesen haben eine tiefgründige, mit Walderde
überzogene Bodenbeschaffenheit und eine genußreiche Dichtigkeit.

Da das Erdreich durch Regengüsse öfters absitzt, so
muß eine mühsame Auftragung desselben auf den Rücken
der Landleute stattfinden.

Die Nahrungsweise der Bauern besteht in dreimal
wöchentlich geselchtem Fleische.

Die von den Schafen gewonnene Wolle wird theils an
die flachen Landbewohner, theils an sonstige höhere
Gebirgsbauern verkauft.

Das Hornvieh wird durch die Besitzer selbst erzeugt.

Peter Rosegger

Paula Grogger

Hans W. Moser

Otto Sommerstorff

Hans Fraungruber

Erich Gaiswinkler

Martha Wölger

Hans Kloepfer

Otto Hofmann-Wellenhof

Doris Mühringer

Alois Hergouth

Eduard Walcher

Man ißt

sein Sauerkraut

und schweigt

Peter Rosegger

DER steirische Heimatdichter schlechthin hatte, wie man inzwischen weiß, viele literarische Seiten. Durch seine Gedichte kam ich als Kind zum ersten Mal mit Mundartdichtung in Berührung, was mich begeistert und schließlich dazu veranlasst hat, die Mundart nicht zugunsten der Hochsprache zu vernachlässigen.
Die kleine Auswahl aus seinem heiteren Werk lässt erahnen, wie vielfältig der Humor von Peter Rosegger war: einerseits zurückhaltend, fast scheu, andererseits recht deftig und ziemlich eindeutig.

Da Regnschirm

Da Samsa Hiasl hot an Weg über d Olm. Wiar er aussi geht ba da Tür va seiner Hüttn, steht er afn Stiagerl a Weil still und schaut um und um. Gugg ins Gebirg eini, gugg af die Bam hin, gugg in d Sun, beidelt in Koupf, draht sih um, draht sih nouhamol um und gugg wieder in d Sun.

„Du, Olti", sogg er za sein Weib, däs ba da Tür steht, „wos moanst dan, kunt ih nit an Regnschirm mitnehma?"

„Wiast willst, Hiasl", moant sie.

„Mih deucht, as wird nit ausholtn, heint. Sou viel demi. Und die Fluign! Ward hasn nit schlecht sei, wan ich n mit nimm."

„Host recht, nimm an mit."

„Oba Teuxl, da Steckn war ma zan Gehen kamouta. Wans eppa douh schön bleibb, is da Regnschirm ungschickt, vagißt ah leicht drauf und loßt n wou loan. Daß s douh nit eppa gscheida war, ih nahm in Steckn und loßad in Schirm do."

„Sa loss'n do", sogg sie.

„Oba wons regngg! Afn gonz Weg üba d Olm ka Doch, ih wurd waschlnoß. Für a Fürsorg kunt ih n lacht douh mitnehmen, in Schirm!"

„Nau, nimm an mit."

Da Hiasl draht sih wieder amol um und um und schaut.

„War oba ah nit unmigla, dass s ausholdad!" sogg er. „As ziacht a Lüftl. Onständiga war er ma holt viel, ban Bergsteign, da Steckn. Möchts douh frei wogn, dass ihn n do lossad, in Regnschirm."

„Nau, sa loss'n do", moant sie schon a wenk granti.

Er schaut ins Gebirg eini, wo s milchweißi Gwölk steht: „Aufsteign tuats saggerasch. Und d Sun blegazt säidi her! Scha frei z demi blegazt ma da Sun! Af kimbb wos, heint! – Wan ih n douh mitnahmad!"

„Oba Goud, sa nimm an mit!"

Af dos wird er wild: „Wos hoaßt dos: Nimm an mit, loss'n do! Nimm an mit, loss'n do! Däs Umziachn, amol sou, amol sou, kon ich wos nit leidn. Das s gor a so wonkelmüati mögn sei, d Weibaleut!"

Da Herrgott liabt d Welt

Da Herrgott sogt jo,
Und da Teufel sogt noa,
Und dron kent ma s holt leicht
Auseinaonda de zwoa.

Da Herrgott liabt d Welt,
Hots mit Rosan umwundn;
Der Teufel denkt: Hallo!
Hot s Pulver erfunden.

Da Herrgott liabt d Welt,
Hot die Priaster erschoffn,
Da Teufel, sei Feind,
Der geht her und mocht Pfoffn.

Da Herrgott liabt d Welt,
Hot d schön Dirndln aufbrocht;
Und da Teufel, der Teufel!
Hot olti Weiba draus gmocht.

Die Entdeckung von Amerika

Is amol a Mon gwen, der hot an Oar kina stehn lossn.

Hot Kolumbas ghoaßn.

Sogg za den amol da Kini von Spanien: „Kolumbas", sogg a, „mechst nit sa guat sein und Amerika entdäickn?"

„Oh jo", sogg da Kolumbas, „däis kimbb ma grod recht. Ih bin jo da Kolumbas."

„Sa gib ih dar a Schiff", sogg da Kini, „säitz dih amol drauf und fohr zua."

Guat is s. Da Kolumbas säitzt sih affi, a por ondri säitzn sih a zuhi, aft fohrns zua.

Noch a drei Tog kimbb von Schiffschnobl da Steurmon ins Kamerl zan Kolumbas und sogg: „Kolumbas, ih gsiach – ih gsiach nouh nix ka Lond nit."

„s Oar steht ah nouh nit", sogg da Kolumbas. „Schiffn ma weita."

In viertn Tog kimbb er wieda, von Schnobl, da Steurmon, husi rent er ins Kamerl zan Kolumbas. „Du Kolumbas, ih gsiach – nouh ollaweil nix ka Lond nit."

„s Oar steht ah nouh nit", sogg da Kolumbas. „Schiffn ma weita."

A souh geht's nouh fuat a Stuck a zechn Tog. Do kimmb stat da Steurmon daher:

„Kolumbas, ih gsiach Lond!"

„Hon ih däs nit ollaweil gsogg", sogg da Kolumbas, „mein Oar steht ah."

Wias nochha drauf afs Lond fohrn, do sein afn fäistn Boudn lauta schworzi Mandler umglaffn.

„Guatn Morgn!", sogg da Kolumbas, „valaub z frogn: Is däis Amerika?"

„Jo freilih", sogn die Schworzn.

„Und seids äis d Neger?"

„Jo freilih", sogns, „däis sein ma. Und du bist gwis da Kolumbas?"

„Schtimbb!", sogg da Kolumbas.

„Saggra-mentscha!", schrein die Schworzn, „mir san entdäikt!"

Als ich das erste Mal auf dem Dampfwagen saß

Mein Oheim, der Knierutscher-Jochem – er ruhe in Frieden! –, war ein Mann, der alles glaubte, nur nicht das Natürliche. Das Wenige von Menschenwerken, was er begreifen konnte, war ihm göttlichen Ursprungs; das Viele, was er nicht begreifen konnte, war ihm Hexerei und Teufelsspuk. – Der Mensch, das bevorzugteste der Wesen, hat zum Beispiel die Fähigkeit, das Rindsleder zu gerben und sich Stiefel daraus zu verfertigen, damit ihn nicht an den Zehen friere; diese Gnade hat er von Gott. Wenn der Mensch aber hergeht und den Blitzableiter oder gar den Telegraphen erfindet, so ist das gar nichts anderes als eine Anfechtung des Teufels. So hielt der Jochem den lieben Gott für einen gutherzigen, einfältigen Alten (ganz wie er, der Jochem, selber war), den Teufel aber für ein

24

listiges, abgefeimtes Kreuzköpfel, dem nicht beizukommen ist und das die Menschen und auch den lieben Gott von hinten und vorn beschwindelt.

Abgesehen von dieser hohen Meinung vom Luzifer, Beelzebub (was weiß ich, wie sie alle heißen), war mein Oheim ein gescheiter Mann. Ich verdankte ihm manches neue Linnenhöslein und manchen verdorbenen Magen.

Sein Trost gegen die Anfechtungen des bösen Feindes und sein Vertrauen war die Wallfahrtskirche Mariaschutz am Semmering. Es war eine Tagreise dahin, und der Jochem machte alljährlich einmal den Weg. Als ich schon hübsch zu Fuße war (ich und das Zicklein waren die einzigen Wesen, die mein Vater nicht einzuholen vermochte, wenn er uns mit der Peitsche nachlief), wollte der Jochem auch mich einmal mitnehmen nach Mariaschutz. „Meinetweg", sagte mein Vater, „da kann der Bub gleich die neue Eisenbahn sehen, die sie über den Semmering jetzt gebaut haben. Das Loch durch den Berg soll schon fertig sein."

„Behüt uns der Herr", rief der Jochem, „daß wir das Teufelswerk anschau'n! 's ist alles Blendwerk, 's ist alles nicht wahr."

„Kann auch sein", sagte mein Vater und ging davon.

Ich und der Jochem machten uns auf den Weg; wir gingen über das Stuhleckgebirge, um ja dem Tal nicht in die Nähe zu kommen, in welchem nach der Leut' Reden der Teufelswagen auf und ab ging. Als wir aber auf dem hohen Berge standen und hinabschauten in den Spitalerboden, sahen wir einer scharfen Linie entlang einen braunen Wurm kriechen, der Tabak rauchte.

„Jessas Maron!" schrie der Jochem, „das ist schon so was!
Spring, Bub!" – Und wir liefen die entgegengesetzte Seite des
Berges hinunter.

Gegen Abend kamen wir in die Niederung, doch – entweder
der Jochem war hier nicht wegkundig oder es hatte ihn die
Neugierde, die ihm zuweilen arg zusetzte, überlistet, oder wir
waren auf eine „Irrwurzen" gestiegen – anstatt in Mariaschutz
zu sein, standen wir vor einem ungeheuren Schutthaufen, und
hinter demselben war ein kohlfinsteres Loch in den Berg hinein. Das Loch war schier so groß, daß darin ein Haus hätte
stehen können, und gar mit Fleiß und Schick ausgemauert;
und da ging eine Straße mit zwei eisernen Leisten daher und
schnurgerade in den Berg hinein.

Mein Oheim stand lange schweigend da und schüttelte den
Kopf; endlich murmelte er: „Jetzt stehen wir da. Das wird die
neumodische Landstraßen sein. Aber derlogen ist's, daß sie da
hineinfahren!"

Kalt wie Grabesluft wehte es aus dem Loche. Weiter hin gegen Spital in der Abendsonne stand an der eisernen Straße
ein gemauertes Häuschen; davor ragte eine hohe Stange, auf
dieser baumelten zwei blutrote Kugeln. Plötzlich rauschte es
an der Stange, und eine der Kugeln ging wie von Geisterhand
gezogen in die Höhe. Wir erschraken baß. Daß es hier mit
rechten Dingen nicht zuginge, war leicht zu merken. Doch
standen wir wie festgewurzelt.

„Oheim Jochem", sagte ich leise, „hört Ihr nicht so ein Brum-
men in der Erden?"

„Ja freilich, Bub", entgegnete er, „es donnert was! Es ist ein

Erdbiden." Da tat er schon ein kläglich Stöhnen. Auf der eisernen Straße heran kam ein kohlschwarzes Wesen. Es schien anfangs stillzustehen, wurde aber immer größer und nahte mit mächtigem Schnauben und Pfustern und stieß aus dem Rachen gewaltigen Dampf aus. Und hinterher –

„Kreuz Gottes!" rief der Jochem, „da hängen ja ganze Häuser dran!" Und wahrhaftig, wenn wir sonst gedacht hatten, an der Lokomotive wären ein paar Steirerwäglein gespannt, auf denen die Reisenden sitzen konnten, so sahen wir nun einen ganzen Marktflecken mit vielen Fenstern heranrollen, und zu den Fenstern schauten lebendige Menschenköpfe heraus, und schrecklich schnell ging's, und ein solches Brausen war, daß einem der Verstand stillstand. Das bringt kein Herrgott mehr zum Stehen!, fiel's mir noch ein. Da hub der Jochem die beiden Hände empor und rief mit verzweifelter Stimme: „Jessas, Jessas, jetzt fahren sie richtig ins Loch!"

Und schon war das Ungeheuer mit seinen hundert Rädern in der Tiefe; die Rückseite des letzten Wagens schrumpfte zusammen, nur ein Lichtlein davon sah man noch eine Weile, dann war alles verschwunden, bloß der Boden dröhnte, und aus dem Loche stieg still und träge der Rauch.

Mein Oheim wischte sich mit dem Ärmel den Schweiß vom Angesicht und starrte in den Tunnel.

Dann sah er mich an und fragte: „Hast du's auch gesehen, Bub?"

„Ich hab's auch gesehen."

„Nachher kann's keine Blenderei gewesen sein", murmelte der Jochem.

Wir gingen auf der Fahrstraße den Berg hinan; wir sahen aus mehreren Schächten Rauch hervorsteigen. Tief unter unseren Füßen im Berg ging der Dampfwagen.

„Die sind hin wie des Juden Seel'!" sagte der Jochem und meinte die Eisenbahnreisenden. „Die übermütigen Leut' sind selber ins Grab gesprungen!"

Beim Gasthaus auf dem Semmering war es völlig still; die großen Stallungen waren leer, die Tische in den Gastzimmern, die Pferdetröge an der Straße waren unbesetzt. Der Wirt, sonst der stolze Beherrscher dieser Straße, lud uns höflich zu einer Jause ein.

„Mir ist aller Appetit vergangen", antwortete mein Oheim, „gescheite Leut' essen nicht viel, und ich bin heut um ein Stückel gescheiter worden." Bei dem Monumente Karls VI., das wie ein kunstreiches Diadem den Bergpaß schmückt, standen wir still und sahen ins Österreicherland hinaus, das mit seinen Felsen und Schluchten und seiner unabsehbaren Ebene vor uns ausgebreitet lag. Und als wir dann abwärts stiegen, da sahen wir drüben in den wilden Schroffwänden unsern Eisenbahnzug gehen – klein wie eine Raupe – und über hohe Brücken, fürchterliche Abgründe setzen, an schwindelnden Hängen gleiten, bei einem Loch hinein, beim andern heraus – ganz verwunderlich.

„'s ist auf der Welt ungleich, was heutzutag' die Leut' treiben", murmelte der Jochem.

„Sie tun mit der Weltkugel kegelscheiben!" sagte ein eben vorübergehender Handwerksbursche.

Als wir nach Mariaschutz kamen, war es schon dunkel.

Wir gingen in die Kirche, wo das rote Lämpchen brannte,
und beteten.

Dann genossen wir beim Wirt ein kleines Nachtmahl und
gingen an den Kammern der Stallmägde vorüber auf den
Heuboden, um zu schlafen.

Wir lagen schon eine Weile. Ich konnte unter der Last der
Eindrücke und unter der Stimmung des Fremdseins kein Auge
schließen, vermutete jedoch, daß der Jochem bereits süß
schlummere; da tat dieser plötzlich den Mund auf und sagte:
„Schlafst schon, Bub?" „Nein", antwortete ich. „Du", sagte er,
„mich reitet der Teufel!" Ich erschrak. So was an einem Wall-
fahrtsort, das war unerhört. „Ich muß vor dem Schlafengehen
keinen Weihbrunn' genommen haben", flüsterte er, „'s gibt mir
keine Ruh, 's ist arg, Bub."

„Was denn, Pate?", fragte ich mit warmer Teilnahme.

„Na, morgen, wenn ich kommuniziere, 'leicht wird's besser",
beruhigte er sich selbst.

„Tut Euch was weh, Oheim?"

„'s ist eine Dummheit. Was meinst, Bübel, weil wir schon so
nah dabei sind, probieren wir's?"

Da ich ihn nicht verstand, so gab ich keine Antwort.

„Was kann uns geschehen?" fuhr er fort, „wenn's die andern
tun, warum nicht wir auch? Ich lass mir's kosten."

Er schwätzt im Traum, dachte ich und horchte mit Fleiß.

„Da werden sie einmal schauen", fuhr er fort, „wenn wir heim-
kommen und sagen, daß wir auf dem Dampfwagen gefahren
sind!"

Ich war gleich dabei.

„Aber eine Sündhaftigkeit ist's!" murmelte er, „na, 'leicht wird's
morgen besser, und jetzt tun wir in Gottes Namen schlafen."
Am anderen Tage gingen wir beichten und kommunizieren
und rutschten auf den Knien um den Altar herum. Aber als
wir heimwärts lenkten, da meinte der Oheim nur, er wolle
sich gar nichts vornehmen, er wolle nur den Semmering-
Bahnhof sehen, und wir lenkten unsern Weg dahin.
Beim Semmering-Bahnhof sahen wir das Loch auf der anderen Seite. War auch kohlfinster. – Ein Zug von Wien war an-
gezeigt. Mein Oheim unterhandelte mit dem Bahnbeamten,
er wolle zwei Sechser geben, und gleich hinter dem Berg, wo
das Loch aufhört, wollten wir wieder absteigen.
„Gleich hinter dem Berg, wo das Loch aufhört, hält der Zug
nicht", sagte der Bahnbeamte lachend.
„Aber wenn wir absteigen wollen!" meinte der Jochem.
„Ihr müßt bis Spital fahren. Ist für zwei Personen zweiund-
dreißig Kreuzer Münz."
Mein Oheim meinte, er lasse sich's was kosten, aber soviel
wie die hohen Herren könne er armer Mann nicht geben;
zudem sei an uns beiden ja kein Gewicht da. – Es half nichts;
der Beamte ließ nicht handeln. Der Oheim zahlte; ich mußte
zwei „gute" Kreuzer beisteuern. Mittlerweile kroch aus dem
nächsten, unteren Tunnel der Zug hervor, schnaufte heran,
und ich glaubte schon, das gewaltige Ding wolle nicht anhal-
ten. Es zischte und spie und ächzte – da stand es still.
Wie ein Huhn, dem man das Hirn aus dem Kopfe geschnit-
ten, so stand der Oheim da, und so stand ich da. Wir wären
nicht zum Einsteigen gekommen; da schupfte der Schaffner

den Jochem in einen Waggon und mich nach. In demselben Augenblick wurde der Zug abgeläutet, und ich hörte noch, wie der ins Coupé stolpernde Jochem murmelte: „Das ist meine Totenglocke."

Jetzt sahen wir's aber: im Waggon waren Bänke, schier wie in einer Kirche; und als wir zum Fenster hinausschauten – „Jessas und Maron!" schrie mein Oheim, „da draußen fliegt ja eine Mauer vorbei!" – Jetzt wurde es finster, und wir sahen, daß an der Wand unseres knarrenden Stübchens eine Öllampe brannte. Draußen in der Nacht rauschte und toste es, als wären wir von gewaltigen Wasserfällen umgeben, und ein ums andere Mal hallten schauerliche Pfiffe. Wir reisten unter der Erde. Der Pate hielt die Hände auf dem Schoß gefaltet und hauchte: „In Gottes Namen. Jetzt geb ich mich in alles drein. Warum bin ich der dreidoppelte Narr gewesen."

Zehn Vaterunser lang mochten wir so begraben gewesen sein, da lichtete es sich wieder, draußen flog die Mauer, flogen die Telegraphenstangen und die Bäume, und wir fuhren im grünen Tal.

Mein Oheim stieß mich an der Seite: „Du, Bub! Das ist gar aus der Weis' gewesen, aber jetzt – jetzt hebt's mir an zu gefallen. Richtig wahr, der Dampfwagen ist was Schönes! Jegerl und jerum, da ist ja schon das Spitalerdorf! Und wir sind erst eine Viertelstunde gefahren! Du, da haben wir unser Geld noch nicht abgesessen. Ich denk, Bub, wir bleiben noch sitzen."

Mir war's recht. Ich betrachtete den Zug von innen, und ich blickte in die fliegende Gegend hinaus, konnte aber nicht klug werden. Und mein Oheim rief: „Na, Bub, die Leut sind gescheit! Und daheim werden sie Augen machen! Hätt ich das Geld dazu, ich ließ mich, wie ich jetzt sitz, auf unsern Berg hinauffahren!"

„Mürzzuschlag!" rief der Schaffner. Der Wagen stand; wir schwindelten zur Tür hinaus. Der Türsteher nahm uns die Pappeschnitzel ab, die wir beim Einsteigen bekommen hatten, und vertrat uns den Ausgang. „He, Vetter!" rief er, „diese Karten galten nur bis Spital. Da heißt's nachzahlen, und zwar das Doppelte für zwei Personen; macht einen Gulden sechs Kreuzer!" Ich starrte meinen Oheim an, mein Oheim mich. „Bub", sagte dieser endlich mit sehr umflorter Stimme, „hast du ein Geld bei dir?"

„Ich hab kein Geld bei mir", schluchzte ich.

„Ich hab auch keins mehr", murmelte der Jochem.

Wir wurden in eine Kanzlei geschoben, dort mußten wir unsere Taschen umkehren. Ein blaues Sacktuch, das für uns beide war und das die Herren nicht anrührten, ein hart Rindlein Brot, eine rußige Tabakspfeife, ein Taschenfeitel, etwas Schwamm und Feuerstein, der Beichtzettel von Mariaschutz und der lederne Geldbeutel endlich, in dem sich nichts befand als ein geweihtes Messing-Amulettchen, das der Oheim stets mit sich trug im festen Glauben, daß sein Geld nicht ganz ausgehe, solang er das geweihte Ding im Sacke habe. Es hatte sich auch bewährt bis auf diesen Tag, und jetzt war's auf einmal aus mit seiner Kraft. — Wir durften unsere Habseligkeiten wieder einstecken, wurden aber stundenlang auf dem Bahnhof zurückbehalten und mußten mehrere Verhöre bestehen.

Endlich, als schon der Tag zur Neige ging, zur Zeit, da nach so rascher Fahrt wir leicht schon hätten zu Hause sein können, wurden wir entlassen, um nun den Weg über Berg und Tal in stockfinsterer Nacht zurückzulegen. Als wir durch den Ausgang des Bahnhofs schlichen, murmelte mein Pate: „Beim Dampfwagen da – 's ist doch der Teufel dabei!"

Mit Breta vaschlogn

Won s Hochegga Müaderl ihr Hobafeld baut,
Und imeramol in s Gebirg einischaut,
Do stehts a wenig still und tuat ollamol sogn:
„Schauts, doschtn is d Welt mit Breta vaschlogn!"
Däs gift n braun Lipp und er boflt danoch:
„Geh, Müaderl, sei stad, und red nit a so;
Konst hingehn, wos d willst und konst olli Leut frogn,
Und ninaschd is d Welt mit Breta vaschlogn.
Bin alf Johr Soldat gwen, und woaß wos davon;
Und selm hintan Dochstoan, selm fongts erst recht on.
Schau, zerst kimts Tirulalond – es is nit kloan,
Und aftn kimt s Wällasch, wo d Feign wochsn toan.
Sa weit kimt ma, bis auf d Letzt s Lond zan End geht,
Do siacht ma viel Wossa wul, oba ka Bret.
Und drent üban Wossa, mei Müaderl, is holt
Die neug Welt, viel schöner und größa, wie die olt.

Und so geht s holt fuat; und wons d gehst und wons d fohrst,
So kimst wieda zruck selm, wos d ehanta worst."
Und wia holt da Lippl so weita dazählt,
Und ollahond woaß va da bugladn Welt,
Moant s Müaderl: „Na, na, ih hons ollaweil ghört sogn,
Auf oan Ort wa d Welt mit Breta vaschlogn." –
Do grimt sih da Lipp und er brumlt in d Haubn:
„Na, wos die oldn Weiba für Goglweach glaubn!"
– Es steht nit long on, liegt da Lipp in da Rua;
Aftn legn s n in die Truchn und nogln s schön zua;
Sogts Müaderl: „Na, Lippl, hiazt konst es dafrogn,
Is d Welt nit auf oan Ort mit Breta vaschlogn?"

Därf ih s Dirndl liabn?

Ih bin jüngst verwichn
Hin zan Pforra gschlichn:
„Därf ih s Dirndl liabn?" –
„Untasteh dih nit, ba meina Seel,
Wonst as Dirndl liabst, so kimst in d Höll!"

Bin ih vull Valonga
Zu da Muada gonga:
„Därf ih s Dirndl liabn?"
„O du feiner Knob, es is noh z frua,
Wort bis d zeiti wirst, mei liaba Bua!"

Woar in großn Nötn,
Hon ih n Vodan beten:
„Därf ih s Dirndl liabn?"
„Duners Schlangl!" schreit er in sein Zurn,
„Willst mein Steckn kostn, konst es tuan!"

Wos is onzufonga?
Bin zan Herrgott gonga:
„Därf ih s Dirndl liabn?"
„Ei jo freilih", sogt er und hot glocht,
„Wegn an Büaberl hon ih s Dirndl gmocht!"

Paula Grogger

Wussten Sie, dass der Roman „Das Grimmingtor", 1925 fertig gestellt, ein Bestseller par excellence war, der 1930 bereits in der 40. Auflage und in 16 Sprachen erschienen ist? Paula Grogger erfand sich für diese Familienchronik vor dem Hintergrund der Napoleonischen Kriege eine eigene Sprache und war tief verletzt, als diesem Werk der Index drohte. Sie war eine „Verdichterin" von Gedanken, ihr eignete in hohem Maß die Gabe des Erratens, des Deutens, des Wissens um geheime Zusammenhänge. Ein feiner Humor und eine streitbare Offenheit fehlten nicht. Wer also in ihr bis jetzt „nur" die Heimatdichterin gesehen hat, wird gut beraten sein, sich eingehender mit ihrem Werk auseinanderzusetzen.

Man ißt sein Sauerkraut und schweigt

SCHULMEISTER

> Ich hoffe, daß mir keines stecken bleibt
> In Einmaleins- und Katechismussätzen,
> Daß jedes richtig seinen Namen schreibt –

KATHERL

> Die Zölestine tut schon wieder schwätzen.

SCHULMEISTER

> Ich kenn das schlimme Mädchen zur Genüge.
> Doch wer ist brav und weiß die Antwort gleich,
> Wenn der erlauchte Prinz zum Beispiel früge:
> Wie heißt die Kaiserstadt von Österreich?

KORNELIA
Eingelernt.
> Die schöne Kaiserstadt heißt Wien.

SCHULMEISTER
> Sie liegt …?

ALLE
Leiernd.
> Am blauen Donaustrom.

SCHULMEISTER
> Und was erhebt sich mitten drin?

ALLE
> Der Stephansdom.

SCHULMEISTER
> Was gibt es noch für Raritäten? … Nun?

SEPPERL
> Der Stock im Eisen und der Prater.

TONERL
Zeigt auf und beginnt ungefragt.
> Wenn er auf Wean roast, sagt der Vatter,
> Bringt er ein Afferl von Schönbrunn.

DIE ZUHÖRER
Lachen.

SCHULMEISTER
Mit dem Stäbchen abwehrend.
> Und itzten wird mir die Marie
> Die Stadt der Steyermärker nennen.

MARIE
Schweigt, schluchzt.

EINSAGER
> Graz, Graz …

SCHULMEISTER
> So höre auf zu flennen!

MARIE
> Dös hat mein Bruader glernt, nit i,
> Weil i daselm in d' Alm gfahrn bi.

HIASERL
Eingelernt.
> Die Hauptstadt Graz am Uferstrand der Mur,
> Sie war belagert von Franzosen
> Und selbst der Schloßberg ward beschossen.
> Dank der geretteten Natur,

ALLE
> Sieht man den Glockenturm und eine Uhr.

SCHULMEISTER
Nickt zufrieden.
> Die größten Feldherren, Helden und Befreier …?

MICHERL

Erzherzog Karl, kaiserlichen Bluts.

Andreas Hofer, Sandwirt von Passeyer.

SCHULMEISTER

Und früher?

MICHERL

Prinz Eugen, der Türkentrutz.

ALLE

Er war des Reiches Schirm und Schutz.

SCHULMEISTER

Liest von einem Zettel.

Wer hat das Schießpulver erfunden?

HANSL

Der Kapuziner Berthold Schwarz,

KORNELIA

Indem er Kohl, Salpeter, Schwefelarz

In einem Mörser angezunden.

SCHULMEISTER

Wer hat Amerika entdeckt?

EINIGE

Wenden sich um.

KATHERL

Der Micherl tuat hiaz Krapfen essen.

MICHERL

    Ich hab mir glei die Finger abgeleckt.

SCHULMEISTER

    Wo ist der Berg, in dem das Eisen steckt?

Pause.

EINIGE

    Er hat's vergessen.

SCHULMEISTER
Streng.

    Was aber jeds auswendig merken muß:
    Wie heißt der längste Fluß der Welt?

ALLE

    Der längste Fluß, das ist der Mississippifluß.

SCHULMEISTER

    Und welcher Gipfel reicht ins Himmelszelt?

HIASERL
Mit der Hand stufenweise in die Höhe zeigend.

    Der Himalaja drent im Morgenland
    Is hoch …, drei Grimma übereinand.

SCHULMEISTER

    Und wo beginnt die Sonne ihren Lauf?

SEPPERL

    Die Sonne geht am Hollerbüchel auf.

40

SCHULMEISTER

An welchem Ort wird sie versinken?

PAUL

Dort drent.

SCHULMEISTER

Wie habt ihr es gelernt?

ALLE

Leiernd.

Im Winter, nach dem Süd entfernt,
Im Summer, rechts vom Stoderzinken.

SCHULMEISTER

Nickt.

Wo ist, jetzt kommt der Peter dran,
Ein feuerspeibender Vulkan?

BADER

Geh, laß amal a wengerl jodeln!

SCHULMEISTER

Jetzt nicht, sie werden sonst verwirrt.

FREIDANK

Es geht eah 's Mundwerk eh wia gschmiert.

SCHÖNWETTER

Schulmoaster, wo habts heint die Todeln?

41

SCHULMEISTER
>Man macht mit seiner Arbeit nicht Parade;
>Man ißt sein Sauerkraut und schweigt.
>Doch einmal hätt ich gern dem Patronate
>Und auch den Dasigen gezeigt,
>Wieviel man edle Bildungsreiser
>Im Schweiß des Angesichtes auf die Jugend pfropft.
Er räuspert sich.
>Mir wurde oft die Kehle heiser.

Sche kracke wui!

In der Schule ging es mir abwechselnd gut und schlecht. Die Hauptgegenstände waren meine Rettung. Wenn ich bei der Tafel war, beschloß Mater Michaela jede Prüfung in Mathematik, indem sie ihre gespreizten Hände zum Dreieck zusammenfügte und so mit dem Nachdruck ihrer Finger zufrieden sagte: Stimbt!

Meine Antworten im Deutschunterricht wurden von manchen Mitschülerinnen des öfteren belacht. Doch „Fräulein Mary", eine große Autorität, die auf Titel verzichtete, äußerte sich immer zu meinen Gunsten.

Ja, nickte sie lächelnd oder ernst. So kann man auch sagen.

Einmal verlangte sie Beispiele für Lokalsätze. Ich fuchtelte, von Impulsen beseelt, zum Katheder und deklamierte, kaum aufgerufen, über die andern Zeigefinger hinweg, was mich zuinnerst mit Sehnsucht erfüllte:

Ich lieb' das stille Örtchen, wo ich geboren bin.

Leises Kichern, zum Gelächter anwachsend, machte mir langsam deutlich, daß Örtchen ein anrüchiges Wörtchen sei. Später, im Weltleben, habe ich ebenso unschuldig noch ärgere Missverständnisse gebüßt. Schamvoll errötet bin ich schon im Kloster. Und immer ging es um die Sprache!

Nach der Lesung, bevor das Nachtmahl aufgetragen wurde, veranlaßte uns Mater Raphaela zur Gewissenserforschung.

Von den Kleinen angefangen bis zum vierten Jahrgang mußte jede Schutzbefohlene der heiligen Angela im Selbstbekenntnis aussagen, ob sie den Tag zur Ehre Gottes in gehorsamer Pflichterfüllung verbracht habe.

Ganz wenige, wirklich nur die Bravsten und die Novizinnen, wagten „ja" zu sagen. Die meisten gaben die Antwort: Ich glaube, ja. Wer heimlich gesündigt oder öffentlich Ärgernis erregt hatte, gestand demütig, mitunter auch keck und trotzig: Nein.

Nun war aber die französische Umgangssprache obligat. Auch diejenigen, welche nur Englisch lernten wie ich, weil es schneller ging, alle waren dem französischen Bekenntnis verpflichtet. Und das gab mir den Rest. Denn die Mehrheit der Alteingesessenen, gegen uns Neue ohnehin erhaben wie Götter, wartete tagtäglich auf den Augenblick, da ich mich vom Sitz erhob und mit der Befangenheit eines Beichtkindes sagte: Sche kracke wui! [Je crois, que oui!]

Ich empfand es mit den Ohren der andern, die vor heimlichem Lachen schier erstickten.

Hans W. Moser

Mit Hans W. Moser kehren wir noch einmal zu Paula Grogger zurück.
1891 in Bad Aussee geboren, 1959 in Öblarn gestorben, schrieb er Stücke
und Gedichte in Ausseer und Ennstaler Mundart. Unverwechselbar der
Humor in seinem Werk, in den seine Liebe zu seiner engeren Heimat und
ihren Bewohnern eingebettet ist. Mit großem Erfolg (und unter ihrer strengen
Fuchtel, wie er sagte) inszenierte er mehrmals Paula Groggers Festspiel „Die
Hochzeit", in dem die schicksalhafte Begegnung des Prinzen Johann mit
Anna Plochl eine zentrale Rolle spielt. Dank des Enthusiasmus der Öblarner
wird das Spiel auch heute noch aufgeführt und hat nichts von seinem sugges-
tiven Zauber verloren. (s. S. 36 ff.)

D'Hoartracht

Das schönst is a Dirndl mit zwoa ellnlange Zöpf.
Weit schöner wia d'Menscher mit zuagstutzte Köpf.
Bua, willst oane bussln und sie tuat a wenig schia,
aft packsts ba die Zöpf und ziagsts zuawa zu dir!
Mir kimmt schon bald vür, es steht d'Welt aufn Kopf,
wal alterszeit hat gar jeds Mannsbild an Zopf.
Und heut hat si d'Hoartracht ins Gegntal verkehrt,
wal heunt da Balwierer die Weiberleut schert.
Scheint d'Sunn auf mein Glatzn, aft is's halt a Gfrett,
wal a Zoachn von Jungsein is leider das net.
I pick ma halt Schafhoar mit Lärchnpech am Kopf,
und der Altn, der kaf i an Roßschwoaf als Zopf.

Ausseer Oasprüchln

A niads Ding hat zwoa Seitn, sist hätts ah koan Witz;
akkrat wia dös Oa mit an Oasch und an Spitz.

I liab di so rot und so rund wia dös Oa,
und geht's dir nit anderscht, aft wa'n ma a Poar.

An Oa aufn Spitz stelln, wa' ah nit so dumm,
da haust in Spitz ein, und aft fallts neama um.

Dös Oa, das is gscheckert, is alls umasist,
a Dirndl wird gfleckert, wanns Poaßlbee ißt.

Aus Oa wern die Pieperl in Stall und in Tenn,
und wannst di nit weh'st, aft bist ah so a Henn.

In Leben und ban Dutschn, dein Lehrgeld muaßt zahln,
da gwinngt grad derseg mit der härteren Schaln.

Otto Sommerstorff

In der „Tagespost" vom Freitag, dem 17. Februar 1933, fanden sich in einem Artikel unter dem Titel „Humor in der steirischen Dichtung" von Anton Schlossar Verse von Otto Sommerstorff, eines Zeitgenossen und Freundes von Peter Rosegger:

Die arme kleine Idee

Es war einmal eine kleine Idee,
Ein armes, schmächtiges Wesen,
Da kamen drei Dichter des Weges, o weh!
Die haben sie aufgelesen.
Der Eine macht einen Spruch daraus –
Den hielt die kleine Idee noch aus;
Der Zweite eine Ballade –
Da wurde sie schwach und malade;
Der Dritte wollt sie verwenden
Zu seinem Roman in zwei Bänden –
Da starb sie unter den Händen.

Hans Fraungruber

*Er war ein „Zuagroaster" aus Wien, der im Salzkammergut eine zweite
Heimat fand. Vielleicht ist Hans Fraungruber gerade durch diese besondere
Position ein glasklarer, aber auch sehr liebevoller Blick auf Land und Leute
gelungen, der in Prosa, aber vor allem in kleinen, präzise formulierten Mund-
artgedichten seinen Niederschlag findet. Ich lese ihn seit fast 30 Jahren bei
allen möglichen Gelegenheiten, und sein Humor verzaubert immer wieder neu.*

's gscheite Büabl

Wen ghörst denn du, Büabl?
„Mein' Votern ghör i!"
Und wia hoaßen s' dein' Votern?
„Den hoaßen s' wia mi."
No, wia schrein s' dr zan Essen,
an Nam hast ja doh?
„Da schrein se mir go nit,
da kim i a so –!"

Die Grabschrift

Ba'n Gallenloiperl is das kloan Kind gstorben. War soviel a rundts Bua'l und 's oanzig ban Haus, destwegen sagt die Bäurin: „Muaßt schon ohigehn, Vota, zan Herrn Pfarrer; i liaß'n bittn, daß 'r uns recht was Extras zsammstudiern tat af a Grabinschrift."

„Eh wahr ah", moant der Gallenloiperl und zapft ohi in Pfarrhof. „Mit Verlaub, Hochwürdtn, 's kloan Bua'l is gstorben, und die Bäurin liaß bittn, der geistli Herr Hochwürdtn sollt uns dena nix für übel haben und was Schöns zsammstudiern auf a Grabinschrift."

Der Pfarrer kratzt si hinter d' Öhrl und sagt: „Hau, da fallt mr grad nix ein! Was laßt si ah sagn ba so an kloan Leut? Die Bäurin soll dr an andern Buam schenken, däs wa 's beste."

„Eh wahr ah", moant der Vota und zapft wieder hoam.

„Bäurin, der Herr Pfarrer sagt, es zahlet si scho glei nit aus, daß'n extra was einfallet zwegn an so an junga Menschen. An neuchen Buam —"

„Geh mr zua", schreit die Bäurin, „is oan Hascher wia der ander ba enk Mannsbilder! Da brauch mr ah weiter koan Pfarrer. Hast eh selm koan schlechtn Kopf zu sölche Sachen, machst halt du die Grabschrift. Is unser oanzigs Bua'l gwen, a Grabschrift muaß er haben. Und z'Trutz setz mr auf'n Stoan, daß mr koan Pfarrer braucht haben dazua."

„Eh wahr ah", moant wieda der Gallenloiperl, „brauch mr koan nit, sölchte Sachen mach mr ohne eahm."

Auf d'Nacht nimmt er a Feder und a Tinten und a Papierl und

an Kruag Most, und was ma halt noh braucht zan Nachstu-
diern, setzt si hin und hebt an ins Roatn. Wia d'Sunn aufgeht,
steht ah der Bauer kirzngrad auf, reckt si und streckt si und
lacht: „Haha, siachst as, Pfarrer, daß mr selm was kinnen! Die
Grabschrift is firti:

> Bedenk o Christ der dieses liest:
> Allhir in diesen Gräbelein
> Ligt unser vilgeliptes Knäbelein.
> Selm volbracht ba da Nacht. Ohne den Hern Pfarrer."

A Gschichtl

Ih woaß a schöns Gschichtl, däs hebt a so ån:
In Wåld geht a Bua, und a Dirndl vorån,
Und wia s' a so gengan dahi' nåch'n Weg,
Då kemen s' zan Båch, übern Båch is a Steg.
> Weil's Wåsser so saust,
> Håts'n Dirndl so graust,
> Und es wird ihr so bång,
> Hålt sih ån ba dr Stång,
> Går so schwindlat is ihr,
> Und vor Ångst zidern d' Knia.
Daweil kimt dr Bua und håt 's Dirndl datåppt,
Der scheucht vor koan Wåsser, bål's noh a so schnåppt!

O mein, sagt r, Dirndl – wia wurd's dr hiaz gehn,
Du bleibest jå då bis zan jüngstn Tåg stehn?

Er påckt's ba dr Mitt,
Er trågt's hin a påar Schritt,
Gach steht r und låcht:
Hörst 'n Steg, wia r kråcht?
A Bußl muaßt zåhln,
Sist – låss ih dih fålln!

Hiaz wird frei 'n Dirndl noh schwindlicha z'Muat,
Ålls draht sih, ålls zidert, ålls togazt in Bluat –
Ih bitt dih, schreit's, måch und geh oamål dahi',
Ih zåhl dr jå gern, wås ih schuldi worn bi'!

Då juchazt dr Bua
Und åft schaut r dazua …
Is r nåcher wol furt,
Oder steht r noh durt,
Oder håt r's går g'fressn –
Däs hån ih vagessn.

Erich Gaiswinkler

In ihn und seinen Humor war ich schon verliebt, da wusste ich noch lange nicht, dass er auch Gedichte und Geschichten schreibt. Der ehemalige Kurdirektor von Bad Aussee ist das, was man einen genialen Querdenker und durch und durch lebensklugen und heiteren Menschen nennt. Immer wieder wurde und wird er mit Karl Valentin verglichen. Ganz sicher ist Erich Gaiswinkler eine verwandte Seele des bayrischen Großmeisters des Humors.

Mei, oamal muaß 's halt sei

Der Andre is scho seitn Hörist
bei weiten neahma gar der störist,
es froistn auf der Ofenbänk
er roislt dran und huast a wenig …

D' Stubnfensta san bis aufa gfrorn –
der kältest Winter scho seit Joahrn!
Der Katl fallt nix Bessers ein,
da sagt s': „Ja oamal muaß 's halt sei!"

Da schaut er s' an mit kalte Augn:
„Es tuat ma oafach neama taugn –
und sicher bi i ganz bestimmt,
dass 's mi no vorn Lanzing nimmt!"

Da sagt sie 's, was s' gern hätt vermiedn:
„Aft schau dazua – hiatz gang der Schlittn!"

Oa siaß' Wort

D' Romana i der finstern Stubn
leit da und tuat mitm Steribn um.
Der Lois mit seine starschn Knia
stelzt umadum und schaut recht schia.

Der Herr hat's gebn – der Herr wird's nehma –
sö sand halt auf alloa ankemma …
Und seit sie i der Stubn drin leit,
hat er mit neahma nix a Freid.

Da redt s 'n uhverhofft gah an:
„Mit mir wird's gar, mei liaba Mann,
mei Lebtag ha i umsist drauf gwart:
sag ma oamal a siaßes Wort!"

Der Lois denkt nah und lasst s' alloa –
weil süaße Wörschta kennt er koa,
und wia er zruckkimmt, sagt er: „Henig! –
glangt das oder is dir zwenig?"

I moa, hiatz bin i gscheiter wordn!

Enta han i recht gern glesn
vo fremde Leut und deren Wesn,
vo andre Länder und vom Reisen
und vo de Meinungen der Weisen.
I han mei Lebtag was vermisst,
i han ma oanfach zwenig gwisst.
Mitn Alter is aft umdraht wordn –
mi interessiert nix Gschriebns seit Jahrn,
i lies koa Büachl, mach koa Roas –
hiatzt taugts ma, dass i nit alls woaß.

Martha Wölger

Zum literarischen Werk von Martha Wölger habe ich seit Jahrzehnten so etwas wie eine zärtliche Liebesbeziehung. Nicht nur, dass ich sie wegen ihrer unglaublichen sprachlichen Eloquenz bewundere, man erliegt der Sorgfalt und Liebenswürdigkeit ihrer Beschreibungen, ganz egal, ob es sich um Naturgedichte, Geschichten von Menschen aus dem Volk oder religiöse Themen handelt. Martha Wölger hätte das Wort Spaß sicher nie verwendet; Heiterkeit und Lebensfreude aber strahlen aus jeder ihrer Zeilen. Sie ist für mich eine ganz Große der steirischen Literatur.

Da Hexnschuß

Da Hirbst is do. In Goartn draußt
gibts Orbat, daß oan völli graust.
Hoaßt nix wia bucka, obibiagn,
Erdäpflgrobn und Ruabnausziagn
und Mostbirnklaubn und Krauteinschoarm,
a Gnäd is des, daß Gott daboarm!
So murkst und buglst umanond,
gach – 's Werkzeig follt da aus da Hond,
a Stich ins Kreiz! Du jammerst laut,
es schmeißt dih zwischn Ruabn und Kraut.
Wia Nägl stichts in deine Boa,
du traust da kam an Rühra toa,
schleichst krump ins Haus und schimpfst vadrossn
auf d'Hex, de dih ins Kreiz hot gschossn.

Aft dokterns umanond auf dir
mit Kranwettgeist und Mankerlschmier.
Hiaz liegst fest zuadeckt unter d' Hüll,
und wonnst schön Ruah gibst, gspürst nit vül.
Du tuast, walst sunst dazua nia kamst,
holt nix wia liegn – und dabei tramst
va dera Hex, de gschossn hot.
Daß's Hexn gebn muaß, woaßt hiaz grod,
wal, logisch überlegt zan Schluß,
gabs ohne Hex koan Hexnschuß.
Und weiters, Hexn müaßts jo ebn
nit lauter olte, schiache gebn,
gonz gwiß gibts junge, fesche ah,
wal sunst das Gschlecht längst ausgstorbn wa'!
A solche woars, so roatst auf d' Leßt,
sunst saßat nit ihr Schuß so fest!
Na woart, sogst, di dawisch i schon,
des Hexerl fongt dir gfolln on,
du siagst dih schon ols Hexerich …
auweh, mei Kreiz! Des woar a Stich!
So schimpfst – und liegst mit stilln Genuß
in Bed – und pflegst dein Hexnschuß.

Mei Wecker

In der Fruah um sechse
frogt er mi recht still,
ob i nit bold munter
und nit aufstehn will.

„Fünf Minutn", sog i,
„loß mi no in Ruah",
holt eahm gonz vaschlofn
gschwind die Glockn zua.

Schliaf in meine Deckn,
schlof scho wieder ein;
jedn Tog des Aufstehn,
muaß des wirkli sein?

Wia sih untern Polster
hiaz da Wecker plogt!
Gonz umsunst! – I hör nix,
wos er mir olls sogt.

Auf in Gottes Nomen,
sollst di liaber gfrein,
schau, a neicher Tog is
und ghört wieder dein.

Wonnst die Zeit vaton host
nutzlos in dein Leben,
konnst as neama zruckholn,
konns dir neamd mehr gebn.

In da Ewigkeit erscht
kimmt sie wieder vür,
wird dih trauri onschaun:
„Wos host ton mit mir?"

Und so hot da Wecker
d'längste Wal no bitt, –
ghört hots nur da Polster,
der vasteht des nit.

Und wals goar nix gnutzt hot,
is er wieder stad.
I hob mi dawal noh
dreimol umidraht.

Hör gach siebne läutn,
und des schreckt mi groß …
„Mei, auf so an Wecker
Is doh koa Valoß!"

Der Gärtner, seine Pölzerl und a Regnschirm ...

I moan ollwal, Gärtner san gonz a bsundere Gottung, de muaß unser Herrgott wohl extra erschoffa hobn, dass s' eahm helfn, d' Welt schön mocha.

Do hon i oan kennt, i moan, der hot sogoar 's Gros wochsn ghört, najo, paßt jo za sein Gschäft. Soviel guat redn woars mit eahm, und gwißt hot er rein olls. San drum ah d' Weiberleut ollimol a Wal umagloant ba eahm und mitn Redn und Frogn van Hundertstn ins Tausendste kemma.

Nur oamol is er ongstondn, oans hot er nit gwißt: Wo denn grod die schönsten Pölzerl va seine Pelagona hinkemman! Er hot aufpassn kinna, wiara mögn hot, es woar ollawal 's gleiche, ganz verschandlt woarn seine blüahradn Büschn, mit de er so a Gschatz ghobb hot. Des hotn schon kloaweis krawutisch gmocht. Hot ongfong, jedn Weibl ins Einkafkörbl einischeangln und sih obigroat, wer wohl der Sündnbock wa'. Oane va de ehrsoman Bürgersfraun? Na, des trauert er koana zua. Der oltn Lehrerin schon goar nit, und va der Pforrakö-chin derfat ma sowos überhaupt nit amol denka, wa' schon völli a Sünd. Und die jungen Dirndln, na, de hom wos anders in Kopf, und Buschngschirr am Fensterbankl wa'n eah nur in Weg ...

In an brinnhoaßn Summertog is's am holbn Vormit-tog schon umgonga in der Gärtnerei wia nit gscheit, hot hergschaut, oll zgleich kemman daher, und der Gärtner hot kam gwißt, wo onfonga. D' Fräuln Marie, die Pforraköchin, woar ah do, und der Gärtner hot frei locha müassn, wals ihrn

Paraplü mitghobb hot, wo kam a Wölkerl am Himml woar. Und derwal er sei Kundschoft bedeant, geht eahm olliwal der Fräuln Marie ihr Regndoch in Kopf um, er woaß selber nit, warum.

Der Teifl hilft sein Leutn, hoaßts – gwiß hot er ba de Pölzerl ah seine höllischn Pfotn in Gspiel ghobb –, aber der Himml hilft in Gärtner, und drum loßt er gach mittn in den hoaßn, sunnign Summervormittog an Regnguß oba, daß olls unters Doch rennt. Hot d'Fräuln Marie doh nohmol recht ghobb mit ihrn Familiendoch ... Jo, wo steckts denn überhaupt? Ah jo, zwischn die Pelagonastöckl spoziers gonz komod umanond ...

D' Leut schaun olli außi in Regn, und der Gärtner bring des olls nit recht vüranond, aber: „Gehn S', san S' so guat, Fräuln Marie, leichn S' ma Ihnan Schirm, i muaß gschwind ..."

Aber d' Fräuln Marie lost goar nit drauf, wos er muaß: „Na, in Gotts willn, den oltn Dingerling kann i Ihna nit leicha, is jo schon umandum luckert und olle Spangl verbognl" Sie hobb zruck, und er ziacht on, und auf d' Läng is holt doh a Monnerleut stirker, d' Leut mochn a Gossn, wiara hiaz in Schirm in d' Höh holt und glei herinn aufsponnt. Und do regnts grean oba auf eahm: lauter Pelagonapölzerl!

„Ah, hiaz woaß i 's ..."

Direkt leicht wird eahm, wal ers hiaz woaß! Und d' Weiberleut nebn fongan an gigazn und locha, und er selber locht ah, und, glauberst es nit, draußtn locht d' Sunn ah schon wieder, und die schön Pelagonastöck lochn mit.

Und d' Fräuln Marie!

Jo moanst, sie hätt sih eppa gschomt? Nit amol denka.

Frogts na ba de oltn Weiber, de wern enks sogn: Wann a Pölzerl davonkemma und richti guat wochsn soll, nochand derf ma's nit zohln, nit amol Dankschön oder Göltsgott sogn.

Und am ollerbestn wochsn die gstohlnan.

Wer klopft?

Wer will denn wos, wer klopft denn so?
Nur i bin 's, sogg da Heini.
Hiaz pockst dih gschwind, wos willst denn do?
Nix extrigs, sogg da Heini.

Du schleichst jo, wia wannst gstohln hä'st!
So schaust holt, sogg da Heini.
Du mochst ma Spompanadln zleßt!
Wa' mügli, sogg da Heini.

Und liaß i dih ins Kammerl ein –
geh, loß mi, sogg da Heini,
wa 's mit mein Schlof für heut vürbei!
Des sicher, sogg da Heini.

Und wa'st erscht in mein Kammerl drein,
gern wari, sogg da Heini –
du mögst herinn bis 's Tog wird, sein,
bis 's Tog wird, sogg da Heini.

Wa' heut ah weiter nix dabei,
nix weiter, sogg da Heini –
i fürcht, du kamerst wieder glei!
Glei wieder, sogg da Heini.

Und bist scho do und bleibst ba mir,
gern bleib i, sogg da Heini –
aft red nix aus, des rot i dir!
Nix ausredn, sogg da Heini.

Hans Kloepfer

Hanns Koren erinnert sich in seinen „Momentaufnahmen. Menschen, die mir begegneten" an den weststeirischen Dichter-Arzt Hans Kloepfer (von seinen Landsleuten fast zärtlich „da Knöpfl" genannt):

„Der meistens rasch und eilig durch den Markt wandernde Arzt, in der einen Hand einen Weichselbaumstock, in der anderen sein Instrumentenköfferl, gehört zum Bild des alten Köflach aus der Zeit unserer Kindheit und Jugend … Vor ihm am Tisch stand der sechseckige Schilcherstutzen, in der Hand hielt er sein glosendes ‚Portoricerl', eine kleine Zigarre, von der er ab und zu einen Zug nahm. Das war selbstverständlich ein immer scherzhaft gemeintes Rezept, das er seinem Freund Viktor von Geramb anvertraute: ‚Weißt du, Freund', sagte er, ‚wenn's Herz nicht ganz stimmt, dann gschwind ein Viertel Schilcher und ein Portoricerl, und schon wieder geht es bum, bum, bum.'"

Dahoam

Zwoa Bauern – sie hant si no weiter net kennt –
foahrn hoamzua vun Fetznmorkt drobm auf da Lend
mitn Obndzug, der – wann ma's ganz genau nimmb –
gern so uma neuni af die Wies zuwakimmb.
Sie rachn und roatn und schaun schöa stad
a jeds bei sein Fenster, wia die Gegnd si draht.
Dar Oa waar bold völli da Noblari gwäin,
und so follt's eahm gach ein, er sullt do amol redn.
A Stückl vor Straßgang scha kimmb's eahm in Sinn,
und gleim vor Premstättn frogg a richti: „Wohin?"

„Auf die Wies", sogg der Oa, und da Andre: „O mein!
Do kimmst heut scha tiaf in die Finsternus 'nein.
Bist nochand bei Wies?" „Na, von Wies han i holt
noch da Stroßn a Stund bis in Moarkt Eibiswold."
„So wuhl, Eibiswold! I bin durt net bekonnt,
host gwiß a schöas Gschäftl durt wo umanond?"
„Grod z' Eibiswold net; von duat gehr i rund
übern Berg auf Sankt Oswold in zwoaraholb Stund."
„In Gottsnamm! Sankt Oswold! Host sicha do hint
a lonkwalas Hausn und stücklane Gründ?"
„Waar weita net aus, und as taugat ma schier,
waar's wo ondat net schöana als z' Oswold –" „Jo wia?"
„Von Oswold aus gehr i holt sistn akrat
no drei Stund in die Soboth, schöa gschmeidi und stad."
„Herrgott in dein Reich! In die Soboth, so weit!
Do glab i's, wia nocha das Rostn di gfreut!"
„No han i dawal in da Soboth nix z' tuan,
kleba ondatholb Stund spring i furt nochn Roan
ganz gmüatli, und wir dabei net amol woam,
za da Woldhanslkeuschn,
                            und scha bin i dahoam!"

Das Konsilium

Ich hatte mich auf der Hahnbalz über die Schneid ins Kärnt-
nerische verflogen und saß seelenvergnügt hinterm schnee-
weißen Ahorntisch einer mächtigen Rauchstube. Beim Klien-
egger hieße es da, und ich solle mir ein Schüsslein saurer
Milch mit Schwarzbrot doch gefallen lassen. Die Einladung
hatte ich dankbar angenommen, einmal froh, daß meine
Wirte mit keinem Gedanken in mir den Arzt ahnten. An
der andern Seite hantierte bedächtig ein Störschneider, der
Leiblschneider, wie sie ihn nannten, vielleicht, weil er Leibl
hieß oder ein Meister im Anfertigen von Westen war. Das
war ein kleines, untersetztes Männlein, sechzig etwa, dem
das borstige Grauhaar dick wie ein Raupenhelm über der
nachdenklichen Stirn saß. Ohne sich in seiner Arbeit stören
zu lassen, hatte er zu meinem Gruß stumm genickt. Nur hie
und da glitt unter den buschigen Brauen ein kurzer Blick über
die Hornbrille hinweg nach dem neuen Tischgaste. Dann
streifte er wieder sorgsam sein Lodenblatt zurecht und folgte
mit der schweren Schere – wie wohl es tut, gutes Werkzeug
an der Arbeit zu sehen – bedachtsam der vorgekreideten
Rundung.
Am offenen Herde wartete still die Bäurin und warf immer
wieder einen besorgten Blick nach dem breiten Bette am
Fensterlein, darin ein Etwas unter Decken vergraben lag.
Eine junge Dirn kam aus dem Stalle und setzte das volle
Milchschaff auf die Waschbank, neben der ein Brünnlein in
den Trog plätscherte.

„Geht's besser?"

„Ah", seufzte die Mutter, „no immer so viel die gache Hitz –"
Und beide traten an das Bett.

„Krank?" fragte ich.

Die Klieneggerin nickte betrübt: „Der Fünfjährige. Seit
nachtn hat er die stille Fras – und so viel die wilde Hitz dabei.
Han scha Hullerlabn aufbundn und Krenngralln und mit Go-
ferschmalz gschmiert – will a nix ausgebm –"

Ein kleiner Bote sprang aufgeregt in die Stube. „Sie kimmb
scha!" Ein hageres Weib mit strengen Zügen trat über die
Schwelle, ernst, fast feierlich. Sie legt das grobe Wolltuch
auf den Stuhl an der Tür und darauf eine schwarzlederne
Tasche.

„Gott sei Dank, daß d' na do bist!" atmete die Bäuerin auf.

„Die Kirlin wird do eppa wos anzhebm wissn –"

Nun wußte ich's. Die Kirlin war eine weise Frau und weit-
berühmt im Gebirge ob ihres guten Rufes und heilsamer
Mittel für mancherlei Schäden bei Menschen und Vieh, deren
manche als sichere Drastika beim Landvolk in besonderem
Ansehen standen.

Sie trat ans Bett und lüftete die Hülle. Und nun erst konnte
ich vom Tische aus den kleinen Patienten sehen. Er lag teil-
nahmslos mit geschlossenen Lidern. Nur zuzeiten warf er sich
unruhig herum.

Dann wieder überlief ein leichtes Zucken die stämmigen
Glieder des Fünfjährigen.

„Der Hiaserl? Der liegt tiaf drein! Und wia lang is er schon
marod?"

„Seit gestern", berichtete die Bäuerin und forschte bang in der Kirlin steinernen Zügen. – „Wann nur net eppa goar scha da Brand dabei is –"

Die Meisterin sah lange auf den kleinen Kranken. Nun hob sie entschlossen das Haupt:

„Sein tuan's die Würmfras!" entschied sie apodiktisch und etwas zu rasch, wie mir schien, nach solch summarischer Anamnese.

Die Bäuerin nickte eifrig. „Han deretwegn a scha Kranawettgralln aufbundn und Kürbiskern gebm. Eppa sollt ma no mit Kathreinöl a wengerl schmiern?"

Die Kirlin schüttelte abweisend das Haupt.

„Wann ma eppa no amol mit der Milch probierat –?" meinte die Jungdirn, offenbar eine Vertreterin der Naturheilkunde.

„Verschleimt z'viel 'n Magn", verwies die Kirlin.

„– oder a Löfferl Hönig –"

„Riglt 'n Krampf auf!"

Und schon hatte sich die weise Frau um ihre Tasche gewendet und kramte in deren Tiefen.

„Wann ma do eppa um 'n Knöpfl tat schickn?" klang plötzlich die Stimme des Leiblschneiders von unserem Tisch her in die drückende Ratlosigkeit. „Er waar sist für die Kinder net zwider. Han an scha immer amol lobm ghört –"

Mir gab's einen Ruck. Der Knöpfl war ja ich! Denn so hatte sich das Landvolk meinen ehrsamen Namen volksetymologisch gerundet, mit einem leisen Schimmer von Vertraulichkeit.

„Ja! Daß der 'n Buam mit seine koltn Umschläg verwüast!" höhnte die Kirlin scharf über die Achsel nach meinem Ritter.

Ich verkroch mich kleinlaut hinter mein Inkognito. Aber so
leicht gab sich der Anwalt der exakten Wissenschaft nicht
geschlagen. Noch einmal zog er mit fliegendem Banner ins
Feld:

„Kolt oder woarm – der Ollerlesti is der Knöpfl net! Wia is
denn selm gwäin, wia mi vor drei Joahr die Kollera so scharf
packt hat? Uma siebmi in da Fruah bin i no guats Muats
aufgstanden. Uma neuni hat's mi scha um 'n Geistlan glust.
Der is bis Mittag zwegn kemm mit 'n Boda Peter, und der hat
ma's richti ins Gmacht einigjaikt, daß da Knöpfl drei Wochn
z'tuon ghobt hat. Oba außabrocht hat er's!"
Und ich hatte den Mann bisher doch noch nie gesehen!
Ebensowenig wie die Kirlin! So war er wohl einer aus dem
Heer der Namenlosen, die auf Grund von mehr oder minder
genauen Angaben des Krankenboten und geheiligter, unaus-
rottbarer Proben von fernher „Hilf tragen".
„Und so lang kann a da Hiaserl net warten, bis da Knöpfl
zwegn kimmb", meinte die Bäuerin unsicher.
Da ging die Tür auf. Eine rußige, krumme Gestalt schob sich
herein, die mächtige, weidenumflochtene Flasche auf die
Tragkraxe gebunden; ein Pechölbrenner.
„Scha, da krumpe Nandl", grüßte die Bäuerin freundlich.
Er mußte schon draußen von dem Falle gehört haben; be-
dächtig trat er in die Reihe, neben ihm sein zottiges, niederes
Hündlein, das aus schief geneigtem Köpflein klug zu seinem
Herrn aufsah.
„Drei Tröpfl Kranawettöl auf a Bröckl Zucker!" entschied
er, ohne sich als bäuerlicher Homöopath erst lange bei

differentialdiagnostischen Bedenken aufzuhalten. Und schickte sich an, seine Therapie ins Werk zu setzen.

„Warum denn net glei zwoa Stamperl vull?" höhnte die Kirlin, „daß d'eahm 'n Mogn luckat brennst!" Und ging endlich an ihre Tasche. Aus deren Tiefen grub sie ein schmieriges Fläschchen (wie ich später erfuhr: eine Mixtur aus Baumöl, Knoblauch, Kümmel und Asant), schüttelte es sorgsam, und unter Mithilfe aller wurde dem kleinen Patienten ein Eßlöffel voll des Wunderelixiers zwischen die geschlossenen Zähne gezwungen. Nun mußte man abwarten.

Der Pechöl-Nandl war zum Leiblschneider getreten, der über die Hornbrillen hinweg brummig nach der Gruppe sah. „Was sie dem Buam heut schon olls eingebm hobm", erklärte er kopfschüttelnd. „Wanns 'n nur net zreißt."

Gottlob, es hat ihn nicht zerrissen.

Denn während die Kirlin, eifrig betreut von der Bäuerin, in der Stube drüben seelenruhig an einer mächtigen Schale Kaffee schlürfte und ich herüben vom Leiblschneider und dem krummen Nandl einen aufschlußreichen Exkurs über alle siebenundsiebzig Arten der Fras vernahm, war die Jungdirn am Bett geblieben, hatte mild und sorglich die kühlen Essigumschläge über der Stirn des Kranken gewechselt und ihn dabei nicht aus den Augen gelassen.

Plötzlich rief sie:

„Hiaz kommbs!"

Alles sprang herzu. Und war so gerade noch Zeuge der wahrhaft katastrophalen Entladung aus Hiaserls sämtlichen Köröffnungen.

„Grammeln!" frohlockte die Dirn, während sich die Bäuerin sachlich an die Bergung des Ergebnisses machte. Damit war der Bann gebrochen, Hiaserl schlug die Augen auf, warf sich noch einmal mißlaunig herum und verlangte Wasser. Der Fall war im wesentlichen erledigt, und weitere diagnostische Sorgen entfielen.

Da kam die Kirlin durch die Tür, ein Häferl „Loxir" in der einen, ein Tieglein mit „Hexenwurmschmalz" (Ringelnatterfett) in der anderen Hand. „Hiaz wern ma's glei hobm!"

Der Leiblschneider setzte die Schere ab. Die grauen Augen blitzten boshaft über die Hornbrille.

„Mir hobm's scha! Dei Wurmfras hat die Grammeln ghobm! Aber a Stamperl a Schwarzbeerana waar hiaz guat auf den Schrockn."

Dafür war der Pecher-Nandl der richtige Mann. Aus den Tiefen seiner Tasche langte er einen tönernen Plutzer, und während der Hiaserl ruhig einschlief und die Kirlin der noch immer besorgten Bäuerin umständliche Ratschläge für die Rekonvaleszenz erteilte, hoheitsvoll und ungebeugt wie eine Siegerin, leerten der Leiblschneider, der Pecher-Nandl und ich als der unerkannte Vertreter der Schulmedizin eine Runde Schwarzbeerenen auf den guten Ausgang des lehrreichen Falles.

„So hob ma 'n Knöpfl do net braucht", meinte der Schneider.

„Is eh besser!" bestätigte der krumme Nandl.

Und ich nickte meinen Kollegen aufgeräumt zu.

Jo do eppa net!

Mir homm ins Haus a Töchterl gnumm
von meina Moahm, rechtschoffn frumm,
doß sie in Dorf a Bildung lernt,
bis hiaz hot s' nur ban Bauan deant.
Hiaz redn die Leut, es waar die Gfoahr,
wal s' sauber is und siebzehn Joahr,
daß Oana auf dos Deandl geht
         – Jo do eppa net!

Mei Olti schloft in Stüberl nebm,
dö muaß auf ihra Ochtan gebm,
daß sie, wann so a Kecka pfeift,
rund um die Ofngobl greift.
– Es müat na sein, er waar so gscheit
und kamat von da hintern Seit,
wo koans den Sakra hörn·tät –
         – Jo do eppa net!

Mein Gott, as Fensterln konnst koan wiahrn,
wann sie in Ehrn dischgurirn.
Es müat na sein, daß i akratt
ban Wirt a weani lumpn tat,
und s' Weib vaschlofat just recht fest,
und der Lumpazi fandat 's Nest
und 's Vögerl woarm in Federbett –
         – Jo do eppa net!

Und wann's scha waar – es waar uns load –
mir hättn's richti überwoahrt,
es braucht destwegn net gfahlt scha sein,
a jedes Wetta schlogg net ein.
– Es müat na sein, dawal mir zwoa
aufpassn schun a Vierteljoahr,
hätt sie scha mit da Hebamm gred't
          – Jo do eppa net!

Drum hon i, doß jo nix passiert,
mei Olti hiaz ins Kammerl gspirrt,
und 's Deandl schloft bei mir hervoar
in Stüberl, wo die Olti woar.
– Es müat na sein, doß er's net wüßt,
der oarmi Noarr, und statt wia sist
mei Olti sauba holsn tät!
          – Jo do eppa net!

Otto Hofmann-Wellenhof

Mit seinem Namen war ich schon in der Kindheit vertraut. Denn manchmal sagte meine Mutter: „Jetzt will ich eine Ruh haben, jetzt kommt eine Sendung vom Hofmann-Wellenhof." Ich muss wohl etwas gefragt haben, denn ich höre sie noch: „Er arbeitet im Rundfunk und schreibt sehr gut. Er ist gescheit und gebildet, und er ist ein Herr." Später habe ich seine schriftstellerischen Arbeiten selbst schätzen gelernt. Und noch später sind wir einander hin und wieder zufällig begegnet. Mit meinem Hund spazieren gehend, habe ich ihn manchmal auf einem Bankerl in der Bogengasse am Rosenberg angetroffen. Es gab immer eine erfreute Begrüßung, manchmal auch ein kurzes Gespräch. Und da wusste ich, was meine Mutter meinte, wenn sie sagte: „Und er ist ein Herr."

Der Streitvogel

Arm und hilflos saß der kleine Vogel unterm Baum und sah aus schreckhaft geweiteten Augen auf die alte Frau, die ihn zuerst erblickt hatte.

„Der is aus'm Nest g'fallen", erklärte kategorisch ein Mann mit Schnauzbart, zu dem sich alsbald zwei Schüler gesellten, die nachdenklich das Tier betrachteten, wobei sie überlegen mochten, ob dies ein ausreichender Grund sei, erst um neun Uhr die Schule zu besuchen.

„Was is denn da?" fragte stänkerisch ein Neuankömmling.

„A Vogel g'hört auf'n Baum!" erklärte wiederum kategorisch der Schnauzbart, als gäbe er hiemit Punkt A des Betriebsreglements für Vögel und verwandte Tiergattungen zum besten.

„Ja, mein Gott, die jungen Vogerln, alleweil beugen sie sich halt aus'm Nest aussa", jammerte entschuldigend die alte Frau, wie wenn sie selbst einmal in einem Nest gesessen wäre.

„Da liegt er", sprach ein vorübergehender Herr und wies mit dem Zeigefinger nach der Gruppe unter dem Baum.

„Mein Gott und mein Herr! Erhängt oder erschossen?" schrie erregt die korpulente Dame an seiner Seite, der man es anmerkte, daß es ihr Lieblingssport sei, sich zu „alterieren".

„Na – nur in Ohnmacht is er g'fallen, wia er g'sehn hat die Federn von seiner Großmutter auf Ihnan Hut!" erklärte zuvorkommend unser Wortführer und deutete auf das üppige Gesteck an der Kopfbedeckung der Dame. „Geh'n S', Fräul'n", wandte er sich vertraulich an eine Hausgehilfin, die voll Interesse ihre Einkaufstasche niedergestellt hatte, „Se haben no junge Füaß, laufen S' umi in die Apotheken und holen S' a Essigsaure, daß ma dem armen Viecherl an Umschlag aufs Hirn machen können."

In diesem Augenblick regte sich ganz zag der kleine Vogel.

„Jessas, der lebt!" rief erschrocken die alte Frau.

„Ja, glauben S', zweng ana Leich' täten mir da so lang umanandastehen", entgegnete böse der Wortfrohe im Namen unserer kleinen Allgemeinheit.

„A Vogerl!" stellte erstaunt ein hinzutretender Neuling fest.

„Was Se net sagen – mir ham alllaweil no g'meint, dös wär' a Blindschleichen mit Federn!"

„Lebt er no?" fragte unbeirrt der Neue und tippte vorsichtig mit dem Spazierstock nach dem Tier.

„Lang net mehr, wann S' eahm so weiter zuwitupfen!"

„Das wird eahm scho' was schaden!" wagte das Greenhorn
verwegen Widerspruch.

„Wann Ihna a jeder auf's Hirnkastl aufisteigt, wer'n Se a
net mehr zwitschern!" erwiderte mit satter Verachtung der
Furchtbare, und sein Mienen- und Gestenspiel ließen darauf
schließen, daß er tatsächlich gesonnen sei, das Hirnkastl des
Allzukühnen zu besteigen. „Und überhaupt, was hat Ihnen
das Finkerl tan?" fragte er, obschon drohend, so doch in nicht
zu vermutendem Zartgefühl. Aber nun ging es los.

„A Finkerl – na so was!" kreischte die Alte in jener Über-
vergnügtheit, die man empfindet, wenn sich ein Vorlauter
blamiert. „Dö Meisen wär a Finkerl! Se wollen was reden und
kennen net amal an Finken und a Meisen –"

„San S' stad, Se alter Zizibe!" wehrte ein wenig unsicher der
Wortgewaltige ab.

„Dös is a Specht", meinte der Mann mit dem Stock.

„A Specht klopfat", verwies ihn der Kategorische streng, ohne
mich indessen überzeugen zu können, da ich mir vor Augen
hielt, daß ich auch schon Zahnärzte untätig unter Bäumen
sitzen sah, obschon sie doch zum Bohren geboren sind.

„Vielleicht is a Storch, weil er so liab die Fräul'n anschaut",
vermutete unser Wortführer, geschickt die Frage von ihm weniger vertrauten Zoologischen auf die Höhen volkstümlicher
Symbolik hebend.

Und da geschah das Unerwartete. Der umstrittene Rätsel-
vogel hüpfte kurz auf, breitete ohne Beschwernisse sein
Gefieder und war gleich darauf in den fröhlichen Morgen-

himmel entschwunden, zu dem die streitbaren Hinterbliebenen hinaufsahen, ähnlich Kindern, wenn sie einem Ballon nachblicken, dessen Schnur ihrer Hand entglitt.

„Na so was!" faßte sich der Stänkerer am schnellsten. „Hat man schon so was g'sehn: an Vogel, der einfach davonfliegt?" Und nun wagte niemand mehr, ihm zu widersprechen. Da fühlte ich aber so etwas wie „der Menschheit Würde" in meine Hand gegeben, und entschlossen trat ich aus dem Hintergrund auf den Furchtbaren zu. „I hab' schon amal an g'sehn", versicherte ich ihm zag.

„Wen haben S' schon amal g'sehn?" erkundigte er sich mißtrauisch.

„An Vogel, der davonfliegt!" erwiderte ich fest mit „Männerstolz vor Königsthronen".

Er maß mich scharf und gleichsam erstaunt über so viel Tollkühnheit und trat so nahe an mich heran, daß mir unwillkürlich die Verhaltensmaßregeln bei Brandwunden, Schlangenbissen und Ohrfeigen, die ich vor vielen Jahren bei den Pfadfindern gelernt hatte, plötzlich plastisch aus der Vergangenheit in das Bewusstsein emporstiegen.

Aber nur ein schalkhaftes Lächeln huschte über die Züge des Gewaltigen.

„Se schon!" bestätigte er mir dann in anerkennender Herzlichkeit meine Versicherung, daß ich schon einmal einen Vogel gesehen hätte, der davonflog. „Aber net dä da!" fügte er an altem Groll hinzu und wies verächtlich auf die kleine, sich allmählich zerstreuende Gruppe und schritt sinnend in den Park hinein.

Es war einer der erhebendsten Augenblicke meines Lebens.

Doris Mühringer

Die kleine, heute schon alte Dame, eine der größten Lyrikerinnen Österreichs, ist gebürtige Grazerin. 1954 erhielt sie den Trakl-Preis. Ihre Lyrik und ihre Kurzprosa fließen ihr nicht aus der Feder – sie feilt lange an ihnen, bevor sie die Dichterwerkstatt verlassen dürfen. Ihr ist buchstäblich jeder Buchstabe wichtig. Ihren Lebensunterhalt verdient sie sich mit Übersetzungen – auch hier sehr penibel und darauf bedacht, dem Original nicht untreu zu werden. Es gibt ein „Lachbuch" in ihrem Werk (von ihr so benannt) mit dem Titel „Das hatten die Ratten vom Schatten", aus dem die unten stehenden Texte entnommen sind.

Zwei Ratten verlockte der Schatten,
den sie, ach, vor sich liegen hatten.
    Erst zagten, dann sprangen sie und
    dem Bello genau vor den Mund.
Das hatten die Ratten vom Schatten.

Ihren Dichter umschlang seine Muse
mit offener Seidenbluse.
    Doch dieser, den Blick bei den Sternen,
    die Stirne erleuchtet von Fernen,
knöpfte zu seiner Muse die Bluse.

Poetenehe

'tschuldige!
sagte die Frau des Erlauchten
und pflückte ein Blatt
aus dem Lorbeerkranz des Gemahls.
Ich brauch' es
morgen
zum Fisch.

Friedhofgärtners Reklametafel

Ist's eines Tags mit dir vorbei,
ob im Dezember oder Mai,
nimm's leicht: Hans Hummel pflegt dein Grab.
Schließ heut noch mit Hans Hummel ab!
Ist es nicht gut, schon jetzt zu wissen,
wer dich in Zukunft wird begießen?

Alois Hergouth

Unvergessen Alois Hergouths großer lyrischer Wurf „Sladka Gora" (1965);
unvergessen Alois Hergouths poetische Strahlkraft.
Unvergessen das Ambiente seiner Dichterklause im Münzgraben.
Unvergessen schließlich er selbst: seine Liebenswürdigkeit, seine
lächelnde Melancholie, sein ironischer Scharfblick ...

Motto

Es bleibt dabei: Der Mensch ist gut! –
(solange er nichts Böses tut).

Phlegmatisch

Er konnte sich zu nichts entschließen
und tat nur das, was man eben muß. –
Auch als sie ihn hinunterließen,
war's nicht sein eigener Entschluß.

Liebestragik

Die Liebe, liebt man sie zu zwei'n,
ist wirklich wert, beliebt zu sein.
Doch liebt man seinerseits allein –
ist sie gemein.

Reumütig

Der Katzenjammer, den man kriegt,
wenn man sich allzu sehr vergnügt,
macht einem erst so richtig klar,
wie gut gelaunt man vorher war.

Doktrinär

Der Mensch, der kein Parteibuch hat,
sei's aus Prinzip, sei's aus Gewissensnöten,
wird nie ein echter Demokrat –
(geschweige denn ein Aufsichtsrat
mit Aussicht auf Diäten).

Avantgarde

Sie stürzen die gewohnten Normen
und gehn geschlossen ihrer Zeit voraus.
So merzen sie das Alte aus –
und propagieren mit Applaus
die neuen Uniformen.

Illustriert

Bei Sexual- und Mordaffären
nimmt man auf jede Einzelheit Bedacht –
wohl zu dem Zweck, die Laien aufzuklären
und für den Ernstfall zu belehren
(z. B.: wie man's macht).

Humorig

Bist du dir manchmal selbst ein Graus
und kommst dir tragisch vor –
versuch es: Leide mit Humor
und lach dich aus!

Eduard Walcher

So erdig, handfest und unbestechlich wie die Weststeirer selbst ist der Humor von Eduard Walcher, der „seinen Leuten" mit viel Scharfsinn, aber auch einer gehörigen Portion Nachsicht aufs Maul und ins Herz geschaut hat. Es ist nicht die Leichtigkeit und Unbeschwertheit, sondern eher das Kauzige und das eigenwillige Verständnis von Humor, das ihn interessiert hat und das er – noch betont durch die sehr typische Mundart der Weststeirer – in seinen Gedichten festgeschrieben hat. Ein Genuss, wenn man sich die Sprachmelodie einmal angeeignet hat.

Da kolti Winta

Döi Gschicht hon i von mein Groußvotan ghert. I bin selbm nouch net af da Welt gwöidn und da Groußvota aah na glei a kloans Büabl.

Hots in den Winta sou a Kältn ongmocht, doß goar as Liacht öis gfroarn. Met Rouß und Wogn hitt ma gmöicht za da Sunn aufi foahrn, oba holt souvl stal und hal, öis neambs aufikemm. Und öis noch ollawal kälta und kälta gwattn. A sou öis die Zeit aah nouch zsommgfrorn. Mötts enk denkn, bis mittnmol Aprül ummi öis ollawal Foschingsunnti bliebm. Za die Oastan nöit amol a Aufastehan mügla gwöidn, wias holt nochn Kolenda hitt ghört.

Die Leit mittn dickstn Loudngwond in ghoaztn Bochoufn ghuckt und hant pröllt üba und üba valeata Költn. Hot,

81

moani, da Holtabua gjammert, wonns in Fegfeia aah nix wörma waar, selm kammert a liaba glei in da Höll.

Nau, öis eppa a Wunna, doß mei Uhrahnl souvl öis kronk gwattn. Hot si in ghoaztn Bochoufn vaküahlt und hot die Lunglentzündan kriag. Ollawal schlechta und schlechta öis da worn, und na hiatzt und hiatzt zan auslöischn.

Wias aftn gonz und goo danoch heegschaut hot, doß richti goo werdn wullt, do öis gspoaßi umgong: Die Söll, prügel-starr valeata Kältn, hot nöit aussagmöicht ban Maul, von Furtfliagn souwiasou koan Röid nöit.

Öis aah für wos guat gwöidn, seltn a Schodn, wou nöit a Nutzn dabei öis: Die Leit hant fließi drauflousdouktert und holt wuhl olli Mittl braucht. Wias aftn dou amol a weani wör-ma öis gwattn und da Guggahnl endla hitt sterbm kinnt, und die Söll aah hitt aussagmöicht, do hot eahm as Sterbm neah-ma gfreut. Öis scha wörra pumperlgsund gwöidn und öis aft nouch üba hunnert Joahr olt worn.

Ban Kreizwirt frahli öis sou guat nöit ausgong. Do öis a gonza Tisch vulla Monnata mitsommbm Gstondarn ban Hassadiern dafrorn.

Da oobrouchni Fuaß

An Lestfoschisunnti in Ochtajoahr homm ma ban Olmwirt eacha floutt tonzt. I a feschas Deandl ba mir ghobb, und do hann i a weani übagöllasch umton, foll üba an Sesslstuahl, der ma zwisch die Hax öis kemm. Wias da Teixl scha wül hobm, mochts krax, und da Fuaß öis ooh.

Fixeini! Und i hitt woaßwiagern nouch a poar Stund tonzt. Öis erscht zwölfi gwedn.

Hann i zan guatn Glick af wos aufdenkt. I ziach mei Sockuhr aussa und richt sie um a drei Stund hinta, af neini. Selm bin i nouch pumperlgsund umghupft.

Da Fuaß nix bamörkt va den Schwindl. I glei wörra af da Höach, und tonz lusti weita.

Aft um drei bin i bakloan schlafari worn. Bin i schnell hoamzua, eini ins Bett, und scha hots drei gschlogn aah. I schau auf mei Sockuhr, stimmb, genau zwölfi hot sie zoag. Und schan mochts an Krocha, und da Fuaß öis wörra ohh. Oba in meina Liegastott hots ma eah nix ma ausgmocht.

A da Fröah öis aft souwiesou glei da Boanhoala Luis kemm, und der hot man in Fuaß gschprigglt. Za die Oastern bin i scha wörra ghupft und gflougn afn Tonzboudn, wia sie holt scha damasch sand, döi jungan Buabm.

Zwischendurch:

Gstanzln und Co.

Die Gstanzln wurden nicht erfunden, um aus der Not eine Tugend zu machen, eher war es ihre Aufgabe, die „verbotenen" Themen wie Liebe und Sexualität so zu verpacken, dass man sie gerade noch als tugendhaft durchgehen ließ. Manchmal ist das nicht gelungen – das sind bis heute die beliebtesten Gstanzln, wie man sich denken kann. Sie sind Allgemeingut und im gesamten Alpenraum verbreitet. Gesungen werden sie bei uns vorzugsweise im Salzkammergut, und dass sich die Fremden beim Verstehen manchmal recht schwer tun, ist nach meiner Ansicht für deren moralische Integrität nur von Vorteil. Gstanzln gehen der Volksseele auf den Grund, heißt es. Und da sollte man schon einmal gewesen sein.

I han mir mei Häusl mit Habernstroh deckt –
hollaradahitiei, dahitiei, mit Habernstroh deckt.
Und wann i amoi heirat, muaß Habernstroh weg,
hollaradahitiei, dahitiei – muaß Habernstroh weg.

Hiatzt bin i verheirat – was han i davon?
Hollaradahitiei, dahitiei, was han i davon?
A Butten voll Kinder – und an bsoffenen Mann,
hollaradahitiei, dahitiei – an bsoffenen Mann!

❧❖❧

Der Pforra van Ort unt,
der hot an grean Huat,
den setzt er na auf,
wann er menschan gehn tuat.

❖

Ih möcht holt gern a Dirndl hobn,
Kreuzsauba bis zum Kopf,
Hon gsuacht auf der Olm, hon gsuacht im Grobn,
A jeds hot ghobt an Kropf.

❖

Du Dirndl, liabst mi?
Wanst mi liabst, kriagst mi,
wanst mi treu liabst,
konst mi hobn — wanst mi kriagst.

❖

Gigerixum, gagerixum,
a Fink is ka Spotz,
und an gor z'keckn Buabn
mog i nit zu mein Schotz.

❖

An deiner Linkn loß mi sitzn,
an deiner Linken sitz i gern,
wan ma still banonder sitzen,
kannst mei Herzel klopfen hörn.

D'obersteirische Gredl
liegt mir alleweil im Schedl,
bei der Mitt' und beim Kopf
Und beim Fuaß und beim Kropf.

❖◆❖

Und a Diandl hübsch jung
und a Wein, der hübsch alt,
und das is, was mir allweil
am besten no gfallt.

❖◆❖

Wenn mei herzliabs Diandl
laut jodelt in der Fruah,
dann gfreut sich unser Herrgott
und juchazt dazua.

❖◆❖

I denk hin, i denk her,
i denk kreuz, i denk quer,
i denk allweil ans Diandl,
sonst denk i nix mehr.

Wenn i ausgeh, is dunkel,
wenn i hoamgeh, is Tag,
so geht's halt an Buam,
der a liabs Diandl hat.

❖◆❖

Fensterln bin i ganga
zu da Stoaheisla Dirn,
habs Fensterl vafahlt,
hab da Goaß einigschrian.

❖◆❖

Und Diandl, wånnst heiratst,
so heirat na mi.
Schau meine Wadeln ån,
sakradi!

❖◆❖

Diandl, sei gscheit,
nimm an Buam, der di gfreut.
Låß den andern, den kloan,
bei der Saustålltür loahn.

Kimmst ålleweil ban Tag daher,
bei da Nåcht nia.
Kimm bei dar Nåcht ar amål
schlåfn bei mir.

❖◆❖

Lustig is schon,
wånn di Nachtigall singt,
åba lustiger noh,
bald mei rechter Bua kimmt.

❖◆❖

Und båld schiaß is a Gamserl,
båld schiaß is a Reh.
Und båld schiaß is mei Diandl,
und tua ihr nit weh.

❖◆❖

I bi koa Tiroler,
und i bi koa Kråwåd.
Und i bi hålt mein Diandl
ihr Schlåfkåmaråd.

A Büchserl zan Schiaßn,
a Hunderl zan Jågn,
a Diandl zan Bussn
muaß an jeder Bua håbn.

❖◆❖

Und a Jager, der sieht gut,
aber d' Lieb macht ihn blind,
und da fangt oft den größten
a kloans Diandl gschwind.

❖◆❖

Heiratn tua i nit,
steht mir nit an,
beim Buam is viel bessa liegn
als bei an Mann.

❖◆❖

Da Herrgott im Himmel
muaß selber låcha,
wås d'Leut auf da Welt
für Spektakel måcha.

Paul Kaufmann

Reinhard P. Gruber

Günter Eichberger

Karl Panzenbeck

Ernst Grill

Sepp Loibner

Gottfried Hofmann-Wellenhof

Johannes Koren

Ewald Autengruber

Herbert Zinkl

Gerda Klimek

Emil Breisach

Rosa Mayer

Walter Zitzenbacher

Peter Vujica

Wolfgang Bauer

Die Schonzeiten
sind heuer
gestrichen ...

Paul Kaufmann

*Folgende Textstelle haben wir dem „unernsten" Roman „Anton IV. und
die rote Veronika" entnommen. Parteihader, maßloser politischer Ehrgeiz,
Doppelmoral – Paul Kaufmann weiß, wovon er schreibt, war er doch selbst
jahrelang in der hohen Politik tätig. Der promovierte Volkskundler verfasste
aber nicht nur Politsatiren, sondern mit seinem „Brauchtum in Österreich"
ein Standardwerk, das als Vorlage für die Fernsehserie „Jahr und Tag"
(25 Folgen) diente.*

Der Herr Parteiobmann besucht Küßnabel

Als der Wagen vorfuhr, stürzte das Empfangskomitee geschlossen vor, um dem Ankömmling ins Freie zu helfen. Der
Parteiobmann stolperte auf die Straße, wand sich durch das
Gewimmel und atmete allen sichtbar die würzige Luft Küß-
nabels kräftig ein.

„Was für ein schönes Land", rief er begeistert. „Was für ein
schöner Ort!" Wohl wert, schien er im Stillen zu denken,
dafür eines Tages, und zwar hoffentlich eines nicht zu fernen
Tages, die Mühe und Plage eines Regierungsmitgliedes auf
sich zu nehmen.

Inspektor Hertzl salutierte und krächzte in geradezu klassi-
schem Medien- und Amtsdeutsch: „In der Küßnabel-Szene
keine besonderen Vorkommnisse. Verkehrsaufkommen seit
zehn Uhr fünfzehn flüssig, aber fest im Griff der Exekutive.
Wettergeschehen der Jahreszeit entsprechend!"

Der Parteiobmann dankte und kam dann schnurstracks auf mich zu, um mir die Hand zu schütteln.

Etwas eifersüchtig, weil er als Erster von Küßnabel auf diese Weise zum Dritten geworden war, schob sich Haltmayer, der Bürgermeister, an meine Seite und entbot den offiziellen Willkommensgruß.

„Sehr geehrter Herr Parteiobmann", sagte er und traf deutlich sichtbar Anstalten, ihn zu umarmen, „wir freuen uns, endlich einmal in deiner Mitte sein zu können – "

Der Parteiobmann hörte sich die kleine, etwas verwirrte Rede mit gesenktem Kopf an und begab sich dann nunmehr seinerseits „in die Mitte der Parteispitze", ins Jagdzimmer, wo Frau Haltmayer schon mit dem traditionellen Begrüßungstrunk wartete. Jakob, der Schankkellner, der dem neuen Parteiobmann als hoffnungsvoller Kandidat für die nächsten Wahlen vorgestellt wurde, schleppte riesige Platten mit Geselchtem, harten Eiern und Bauernbrot heran. Der Parteiobmann sollte nur sehen, daß man unter der Regierung Anton IV. in Küßnabel nicht zu darben brauchte.

Das Jagdzimmer war so voll, daß die Leute fast übereinanderlagen. Alle waren gekommen, um sich selbst einmal zu überzeugen, ob der Parteiobmann auch in Wirklichkeit so redete und so aussah wie auf dem Fernsehschirm. Man kniff, puffte und stieß einander. Einigen Unentwegten, unter ihnen Flatter, der ausnahmsweise keinen einzigen Blick auf den schönen Busen der Frau Haltmayer verschwendete, gelang es sogar, dem Parteiobmann irgend etwas von ihren Ansichten über die politische Lage ins Ohr zu blasen.

Aufgeputscht von so viel Zuneigung und Bewunderung wurde sich der Parteiobmann klar, daß er der Versammlung ein kleines Statement schuldig war.

„Liebe Freunde", stürzte er sich kopfüber mitten in die Problematik seines politischen Daseins, „als euer Parteiobmann habe ich den Auftrag, die Oppositionsaufgabe der Kontrolle verstärkt in den Vordergrund zu stellen. Und zweitens, wann immer möglich, auch die Alternativkonzepte, die der Parteiobmann der Öffentlichkeit vorstellt, im Parlament zu präsentieren und nach außen und innen für die Aufwertung des Parlamentarismus in unserem Gemeinwesen verstärkt zu arbeiten und letztlich den Auftrag, mich verstärkt um die Kameradschaft zwischen den Gesinnungsfreunden zu bemühen." Das waren freilich andere Worte, als man sie sonst in Küßnabel zu hören bekam.

„Herr Parteiobmann", platzte Kerzenpeter vor Aufregung und Begeisterung in seiner etwas wirren Art heraus, „wenn man Ihnen so zuhört – jawohl zuhört –, dann spürt man direkt den Atem der Geschichte. Das war – das war Balsam auf unsere Wunden. Man muß wissen, was es heißt, wenn man bei uns im Gemeinderat oft stundenlang durchsitzt, jawohl stundenlang, und um die Wortmeldung kämpfen muß, und dann wird man noch betrüblich behandelt."

Sicherlich wäre alles zur vollen Zufriedenheit Haltmayers abgelaufen, wenn nicht ausgerechnet sein Schwiegersohn, der geborene Tratschke, vorlaut geworden wäre. Ebenfalls Brillenträger wie der Parteiobmann, ebenfalls schmal und blaß vor Ehrgeiz, wenn auch mehr im künstlerischen Bereich, verband die beiden sofort über die Hüte hinweg eine tiefe Sympathie. Nachdem Haltmayer gerade keuchend dem Parteiobmann den Untergang des Abendlandes in Küßnabel prophezeit hatte, wenn es ihm nicht im letzten Augenblick noch gelänge, die rote Flut zu stoppen, war plötzlich der Lehrer am Wort.

Die Politik müsse eine andere werden, sagte er, ganz anders, offener. Es sei doch bestürzend, wie benebelt die Gehirne der Menschen seien, vor allem hier in Küßnabel. Das sehe man schon bei den Schulkindern. Kein Wunder freilich, wenn man nichts kenne und sähe als den Kirchturm, den „Goldenen Ochsen" und den Löschteich der Feuerwehr.

Es half nichts, dass Haltmayer seinem Schwiegersohn unter dem Tisch gegen das Schienbein trat, der Lehrer war nicht zu bremsen.

„Unsere Politiker glauben", fuhr er aufsässig fort, „sie sind Heilige. Wo sie erscheinen, beim Feuerwehrfest, beim Sprechtag, immer wollen sie, dass man sie anbetet. Und wenn man sie genug angebetet hat, dann lassen sie es regnen – Subventionen. Oder die Sonne scheinen – ihre Gnade. Betet man sie nicht an, dann gibt's Dürre und Trockenheit, dann drehen sie den Himmel zu!"

Hüpfer und Mädel klatschten Beifall. Frau Haltmayer beugte sich zu ihrem Ehegesponsen hinunter und zeigte ihren schönen Busen.

Anton Haltmayer, einem Schlaganfall nahe, wusste nichts Besseres, als den Parteiobmann zu nötigen, doch etwas von dem aufgetragenen Geselchten zu nehmen oder wenigstens den Haltmayerischen Wein zu verkosten. Vergebens. Die vorgesehene halbe Stunde für die freundschaftliche Aussprache war abgelaufen. Der Parteiobmann erhob sich, sehr beeindruckt von dem hohen Niveau der Demokratie im Ort, zweifelsohne ein Verdienst des Herrn Bürgermeisters, wie er dem vor Wut kochenden, durch das unerwartete Lob sich aber schnell wieder abkühlenden Haltmayer versicherte. Hüpfer, der mit Mädel als letzter das Jagdzimmer verließ, frohlockte. „Die Zeit ist da, daß auch unsere Partei endlich den mündigen, den kritischen Wähler in den Mund nimmt", sagte er.

Reinhard P. Gruber

Ohne Kommentar.

Vom wilden Westen der Steiermark

Die Weststeiermark, ein Zustand
Die Weststeiermark ist keine Landschaft, sondern ein Zustand.
Dieser Zustand führt von der Gleinalpe über die Stubalpe auf die Packalpe, über die Hebalpe auf die Koralpe, in die Soboth, auf den Radlpaß und von dort schnurstracks in Richtung Graz, aber nur bis Lieboch. Dort macht der Zustand eine Kurve in den Westen, wo er wieder in die Gleinalpe, die Stubalpe, die Packalpe etc. mündet. Innerhalb dieser Linien herrschen die Zustände, die als weststeirische bekannt sind. Sie unterscheiden sich wesentlich von den reststeirischen Zuständen.

Die heimliche Hauptstraße
Die Hauptverkehrsader der Weststeiermark ist, obwohl sie auf den Straßenkarten kaum zu erkennen ist, die Schilcherstraße von Ligist nach Eibiswald. Hier rauschen die Weststeirer dahin.

Der Westen beginnt im Süden
Obwohl die große Mehrheit der Steirer weitaus westlicher

wohnt als die Weststeirer, sind sie keine Weststeirer, sondern bestenfalls Obersteirer oder Nordsteirer. Oberhalb der Weststeiermark ist der Westen zu Ende. Der Westen beginnt also im Süden und stößt in der Nähe von Graz direkt auf den Osten.

Im Geographieunterricht haben die Steirer seit jeher wegen Krankheit gefehlt.

Vom Blasen

Weststeirer sind autarke Menschen. Sie produzieren nicht nur den Wein, den sie trinken, den Schilcher, sondern gleich auch noch die Gläser, aus denen sie ihn trinken, in der Glasbläserei in Bärnbach. Das Blasen zählt überhaupt zu den Lieblingsbeschäftigungen des Weststeirers, der auch ein vehementer Freund von Blaskapellen ist. Das ständige Heben der vollen Gläser in Augenhöhe dient übrigens nur der Qualitätskontrolle des geblasenen Glases. Da ist der Weststeirer genau wie kaum ein anderer.

Der Blick nach unten

Die gesamte Weststeiermark ist von Bergen umschlossen. Kein Wunder, dass sich Alban Berg hierher zurückgezogen hat und seine „Lieder von der Ebene" komponiert hat: im Westen die vielen Wälder und auf der anderen Seite Berge von Oststeirern.

In der Finsternis

Wenn es finster ist, ganz stockdunkelfinster, bleiben alle

Weststeirer zuhause, weil sie sich fürchten. Aber es ist noch nie stockdunkelfinster gewesen in der Weststeiermark.

Einmalig
Eine Eierspeise, die in heißem Kürbiskernöl zubereitet wurde, hat man außerhalb der Weststeiermark noch nicht gegessen. Bis heute!

So ein Glück
Fremdenhaß kennt der Weststeirer nicht, weil er keine Fremden kennt.

Vom wilden Westen der Steiermark
Die Jägerschaft ist voll ausgebildet und steht Gewehr bei Fuß. Die Schonzeiten sind heuer gestrichen.

An der Grenze zum Wahnsinn
Man besteige einen Gipfel der Koralpe und richte seinen Blick nach Westen.

anhang: der steirische gamsbart

besonders die „MODERNE" abart des steireranzugs, der salonsteirer (-anzug), wird ohne lampas und ohne gamsbart getragen, der echte steirer trägt seinen steireranzug – ob aus loden, leder oder fell – nur MIT gamsbart.

auch wenn er feld- oder steinsteirer ist. (das ist ein hinweis
auf die ehemalige vorherrschaft des wald- und gebirgssteirers
in der steiermark.)
es kann als gesichert gelten, daß der gamsbart aus den
höheren regionen der steiermark, wo gemse, gebirgssteirer
und anderes hochwild hausen, stammt.
der steirische gamsbart wird nach wie vor händisch erzeugt,
u. zw. durch auszupfen, bündeln und binden des gamsbartes,
der sich an bestimmten stellen einer toten steirischen gemse
befindet.
der steirische gamsbartbinder steht daher bei uns in der
steiermark hoch im ansehen (z. b. stammt die erfindung der
gewöhnlichen bartbinde aus der zunft der gamsbartbinder).
Seine EHRE gleicht der des dorfrichters.
heute ist die seltenheit des gamsbartbinders und des dorfrichters schon fast gleich groß. das bedauern die steirer.
bedingt durch den starken rückgang der steirischen gamsbartbinder kommt es natürlich auch zum rückgang der steirischen gemsen, ja, die natürliche lebensgemeinschaft dieser
sensiblen tiere mit den gebirgssteirern, speziell den gebirgssteirischen gamsbartbindern, ist nahezu vom beiderseitigen
aussterben bedroht; bei den im steirischen lande verbleiben-
den überlebenden auf beiden seiten wurde zudem noch ein
starker beiderseitiger bartVERLUST registriert, der deutlich
genug anzeigt, wie wichtig das zusammenleben der gamsbartbinder mit den gemsen ist.
Heute droht die bedrohliche lage eine äußerst bedrohliche
zu werden. weil kein „MODERNER" mensch mehr zu seinem

MODERNEN steireranzug einen hut mit gamsbart tragen
will, unter dem diktat der AUSLÄNDISCHEN mode, ist
auch schon der entbartung der steirischen gemsen und hüte,
sowie überhaupt der ENTGEMSUNG der steiermark, sowie
der entbartung der gebirgssteirischen mannsgesichter, tür und
tor geöffnet.
das natürliche steirische zusammenleben ist auf diese weise
empfindlich gestört worden, sein aussehen verändert.

die steirische SPRACHE
was vielen anderen menschen unbekannt sein dürfte, ist die
tatsache, dass die steiermark das land der vielfältigen
vögel ist. besonders viele sänger bevögeln die steiermark: die
singvögel. da sie unbedingt zur landschaft gehören – die zug-
vögel verkünden den ruf der steiermark als ideales vögelland
–, identifiziert sich der steirer auch mit ihnen.
zwar wäre es lächerlich, den steirer gemeinhin als amsel-,
drossel-, fink- und starmenschen (letzteres eher) zu klassifi-
zieren, doch muß hier endlich festgehalten werden, daß die
steirer nicht nur die deutsche menschen-, sondern auch die
steirische vögelsprache beherrschen (und die gesamte andere
tiersprache der steiermark), das zusammen ergibt: die
steirische sprache.

Günter Eichberger

„O Gott, sind meine Sätze schön! Meine Sätze sind die schönsten, die ich kenne", meint Günter Eichberger mit viel Ironie, die er nicht nur für andere, sondern immer auch für sich selbst parat hat. Um dann ernster fortzufahren: „Meine Sätze sind meine Welt." Nach dem Erscheinen von „Der Doppelgänger des Verwandlungskünstlers", den satirischen Porträts über seine Dichterkollegen, schreibt jedenfalls „Die Presse": „Von den gleichaltrigen unter Österreichs Autoren kann ihm in puncto Formulierungskraft niemand das Wasser reichen …" Wenn Sie sich, geneigte Leser, nun nachfolgenden „Rundum-Steirer" zu Gemüte führen, werden Sie verstehen, warum wir keinen Kommentar zu Reinhard P. Gruber (s.S. 97 ff) ins Buch gestellt haben: Gleich werden Sie alles über ihn erfahren.

Der Rundum-Steirer

Reinhard P. Gruber ist Obersteirer von Geburt, Grazer von Berufs wegen und Weststeirer aus freier Wahl. Deshalb ist der Rundum-Steirer Gruber auch der steirischste Dichter, den man sich vorstellen kann, möglicherweise sogar das steirischste Lebewesen der Welt.
Das Steirertum entsteht laut Gruber aus der Identifikation von steirischer Landschaft und steirischem Menschen. „Wir Steirer sind ganz natürlich herrliche Menschen, weil wir so natürlich wie unser Land sind, das auch herrlich ist." Wer darin Ironie herausliest, irrt; Gruber meint alles ernst, das ist ja gerade das spezifisch Steirische seiner offenen, ehrlichen, geradlinigen Heimatliteratur. Und jede seiner Zeilen zählt

zur Heimatliteratur, auch wenn ein Text vordergründig von Amerika oder Indien handelt, in Grubers Kopf verwandelt sich alles, was seine Augen aufnehmen, in Steiermärkisches. In sein Herz und Hirn kann nichts Fremdländisches hinein, weil dort schon die Steiermark wohnt.

Jeder Steirer kennt Gruber, zumindest literarisch, denn in jedem steirischen Haushalt liegt mindestens ein Exemplar von Grubers Roman „Aus dem Leben Hödelmosers" auf. Und weil Gruber tagein, tagaus in irgendeinem steirischen Graben liest – selbst die hintersten Winkel hat er schon lesend erschlossen –, kennt ihn gut die Hälfte der steirischen Bevölkerung auch persönlich. Man erkennt ihn freilich auf der Stelle, seine Figur gleicht dem steirischen Panther, aus seinen Augen leuchten die steirischen Bergseen, in seinem Atem blüht die Blume des Schilchers, in seinen Mundwinkeln glänzt bestes Kernöl, sein Profil zeigt die Umrisse der steirischen Landesgrenzen. Hinter dem Semmering nimmt sein Bekanntheitsgrad rapid ab; in Wien kann Gruber seelenruhig durch die Kärntnerstraße schlendern, ohne dass er von Fanatikern um Autogramme angebettelt wird. Graz mußte er seinerzeit fluchtartig verlassen, weil sein Haus von Verehrern (und vor allem von Verehrerinnen) buchstäblich belagert wurde. Selbst nach seiner Heirat galt er als begehrtester Junggeselle der Stadt. Er ist zweifelsohne eine gute Partie: Seine Auflagenhöhe überragt den Zirbitzkogel, ja sogar Peter Rosegger, den zweitgrößten steirischen Volksschriftsteller.

Vor Jahren hat sich Gruber in Stainz niedergelassen und zur Sicherheit gleich in einen florierenden gastronomischen Be-

trieb eingeheiratet; wie alle einfachen Menschen, die es zu
Ruhm und Vermögen gebracht haben, wird er von materiel-
len Existenzängsten geplagt. Seit er gelegentlich im famili-
eneigenen Wirtshaus Bier ausschenkt oder Hausmannskost
kocht, muß das Lokal wegen des nicht versiegenden Zu-
stroms von Gästen ständig ausgebaut werden; mittlerweile ist
es das größte Haus der Weststeiermark.`

Gruber ist ein Beispiel der Steiermark. Der Bestand hängt
von seinen Teilen ab. Wenn die Steiermark zerfällt, zerfällt
auch Gruber. Sollte Gruber vor der Steiermark zerfallen, ist
die Steiermark in ihrem Bestand gefährdet. Die Steiermark
steht und fällt mit Gruber. Doch so bald wird Gruber nicht
fallen und die Steiermark mitreißen. Ein von der Steiermärkischen Landesregierung eigens beauftragtes Ärzteteam wacht
über Grubers Gesundheitszustand; regelmäßig wird seine
Körpertemperatur gemessen, seine Lunge durchleuchtet und
seine Blutsenkung bestimmt. Wenn Gruber Fieber bekommt,
beruft der Landeshauptmann umgehend eine Krisensitzung
des Landtags ein. Nach einem Gichtanfall Grubers wurde
schon einmal der Ausnahmezustand erklärt. Aber alles in allem scheint Grubers Körper unverwüstlich wie die steirische
Landschaft.

Gruber schwört auf seine persönliche Saftdiät. Der Saft der
Wildbachertraube und das schwere Öl der Kürbiskerne hal-
ten ihn jung und aufrecht. Ausweis seiner ungebrochenen
Jugendlichkeit ist die blaue Jeansjacke, die er selbst bei Gast-
mählern mit ausländischen Staatsoberhäuptern nicht auszieht.
Und auch nach ausgedehnten Arbeitsgelagen sieht man ihn

aufrecht nach Hause gehen. Gruber geht stets zu Fuß, als erdverbundener Mensch braucht er Bodenhaftung. Nach Neuseeland ist er teils marschiert, teils geschwommen. Er ist dabei nicht wesentlich langsamer gewesen als ein Personenkraftfahrzeug oder Flugzeug; alles eine Frage der Technik.

Seine allgemein bezeugte Geselligkeit hat Gruber während eines mehrjährigen Klosteraufenthalts erworben. Ursprünglich wollte er in sich gehen und sein wahres Wesen erkennen. Als er in sich nichts als Wiesen und Felder, Berge und Bäche sowie fröhlich bellende Steirer vorfand, bekannte er sich zu seinem eingeborenen Steirertum, sang während der Exerzitien lebenslustige Volkslieder und zog alsbald jodelnd aus dem Schottenstift hinaus. („Jodeln ist die mittels steirischer menschlicher Stimmbänder in Zeitlupe übersetzte Sprache der steirischen Vögel.")

Beeinflußt ist Grubers dichterisches Schaffen hauptsächlich von Tanzgeigern, Singvögeln und murmelnden Quellen. Was von nicht-steirischen Kritikern und Literaturwissenschaftlern als besondere Eigenwilligkeit und Unvergleichbarkeit gerühmt und damit mißverstanden wird, ist in Wahrheit Grubers künstlerische Natürlichkeit. Gruber bringt das Land zum Klingen, er selbst spricht nicht, er läßt die Steiermark zu Wort kommen, in seinen Zeilen drückt sie sich aus: blutgetränkt, verkrustet, vergiftet.

Gruber ist also kein Schriftsteller, er ist der Übersetzer der steirischen Heimaterde, die identisch ist mit den Menschen, die aus ihr hervorwachsen.

Karl Panzenbeck

Sieht man in ihm nur den Geschichtenerzähler bei unzähligen Frühschoppen, die durch Karl Panzenbeck erst zum Publikumsrenner wurden, wird man seinem Talent bei Weitem nicht gerecht. Karl Panzenbeck war ein hoch gebildeter und schlagfertiger Unterhalter, ganz in der Tradition derer, die niemals Unterhaltung ohne Haltung geboten haben. So ist es kein Wunder, dass seine „Waglbacher" Geschichten und die Gedichte, in denen er seine Landsleute ein wenig auf die Schaufel nimmt, so etwas wie Evergreens des steirischen Humors geworden sind.

In Waglbach

Die Waglbacher Volksschule ist weit und breit die einzige. Viele Schüler haben einen langen Weg hin und her. Im Winter bei Eis und Schnee sind sie arm dran. Im heurigen Winter war's gar arg.

Einmal waren alle rechtzeitig in der Klasse bis auf den Pöltler Michl. Der ist zu spät gekommen, ausgerechnet der langhaxerte Pöltler Michl, dem der tiefe Schnee am wenigsten anhaben konnte.

Greint der Herr Oberlehrer:

„Schäm dich vor den Kleinen, Michl! Die sind schon alle da, und du mit deinen langen Beinen mußt zu spät kommen."

„Bitt, Herr Oberlehrer, liegt ja Schnee auf der Straße bis über die Knia."

„Eben darum! Da tust du dir ja leichter als die anderen."

„Nein, Herr Oberlehrer, wegen dem tu ich mir nicht leichter.
Denn wer viel hineinsteckt, muß auch viel herausziehen."

„Am besten ißt man", sagn die Leut,
„im Höchwirtshaus in Obergreuth."
Und weil drum auch schon bessre Herrn
zum Mittagessen zuwikehrn,
legt jetzt der Höchwirt Simon Höller
Speiskarten auf wia die Hoteler.
Mit Bleistift schreibt der auf die Korten:
„Fleisch können S' haben alle Sorten."
„Also", sagt oaner und hebt d' Hand,
„dann bringen S' mir vom Elefant
a Rüasselfleisch, a Portion,
gselcht oder gsotten, wia Sie's haben!"
Die ganze Gaststubn lacht: „Hihi,
jetzt, Höchwirtsimerl, hat er di!"
Der kommt stad von der Schank daher:
„Wiaviel vom Rüassel wünscht der Herr?"
„Nur grad ein Stück so von zehn Deka,
zwei Scheiben halt vom langen Schmöcker."
Da sagt schön zach der Simon Höller
so lacherlat zum Herrn Besteller:
„Na, wegn zehn Deka, lieber Mann,
schneid i den Elefant nit an."

Der Waglbach macht vor der Hofmühle einen Tumpf,
„Tumpf" sagen wir, einen kleinen Wasserstau, und vorm Ein-
fluß setzt eine Brucken über den Bach und über die Brucken
führt die Straße vom Höchwirt gegen das Dorf und auf dieser
Brucken sind in der Samstagnacht zwei Waglbacher auf ihrem
Heimweg zum Stehen gekommen. Der eine musste etwas
Interessantes im Wasser entdeckt haben. Er beugte sich über
das Geländer und starrte lange hinab.

„Was is denn das da unten?"

„Was meinst?"

„Die gr… große, liachte Scheiben."

„Was wird das schon sein! Der Mond natürlich."

„Der Mond! Na also! Ich hab's ja gleich gspürt, vom Höchwirt
heraus habe ich schon gmerkt, daß sich die Erde heute falsch
draht."

„Dreht! Wenn du etwas Wissenschaftliches erklären willst,
muaßt hochdeutsch reden. Sie dr… sie dreht sich also falsch,
sagst."

„Jawohl."

„Und woran … siagst, sooo muaßt du reden: woran! … woran
willst du das erkannt haben?"

„Am Mond."

„Am Mond?"

„Ja. Oder hast du es einmal erlebt, daß man von der Tumpf-
brucken aus auf den Mond hinunterschaun kann?"

„Na."

„Na also!"

Ernst Grill

Es waren zunächst seine besinnlichen Weihnachtsgedichte, die mich auf die Bücher von Ernst Grill aufmerksam werden ließen. Nach und nach entdeckte ich auch seine „leichte" Seite, das literarische Darstellen (niemals Bloßstellen) der Ausseer, denen man ja nachsagt, ein durchaus eigenwilliges Völkchen zu sein. Mir gefällt, dass Ernst Grill die schönen alten, vielfach schon vergessenen Mundartausdrücke verwendet, die seine Gedichte authentisch und unverwechselbar machen.

Håst as scho' g'hört?

Der Sepp wår der erste,
der d' Nåchricht håt bråcht,
daß in Liachtmorabuam g'schandt håt
scho' gestern auf d'Nåcht.
D Åchsel is' brocha
und d'Füaß etla mål,
auf und auf voller Pletz'n
håbn's n'gführt ins Spitål.
Weit z'schnell is er g'fåhrn
mit der neichn Maschin,
und gach is' er g'låndt
in an Buachanwåld drinn.
Wia d'Kathl dås hört,
is auf und davon,
is' hingrennt zum Nåchbårn,

då bringt si's glei' ån.
I' hån wås erfåhrn,
drum bin i' glei g'rennt,
in Liachtmoar sei' Bua
håt si' hålbert darennt.
Mit an Rausch is' er g'fåhrn
mit der neichn Maschin,
und hiatz liegt er verletzt
in an Krånkenhaus drinn.
Der Doktor hät g'sågt,
daß er neamma recht wird,
und an Haxn håbn's a scho'
gånz weg amputiert.
Mein Gott, sågt d'Scholast,
dås is' nit zum datrogn,
i' geh zu mein Bruadern,
den muaß i' dås sågn.
Wia's is' bei ihrn Bruadern,
fångt's ån zum erzähln,
in Spitål håbn's den Buam
går neamma ånnehma wöll'n.
Weil die innre Verletzung
is' leider so schwa',
und der ållgemeine Zuastånd
is a neamma ra.
Viel Hoffnung håbn's nit,
daß er noamol wird,
a fünf a sechs Doktern

håbn die hålb Nåcht operiert.
Der ålte Gust håt dås g'hört,
er is' a weng schwa',
schnell rennt er hoam zu der Ålt'n
und verzählt ihr's hålt a.
Stell dir vor, wås passiert is',
i håb's gråd erst erfåhrn,
in Liachtmoar sei' Bua
is'im Krånkenhaus g'storbn.
I bin gånz aus'n Häusl,
so grausåm is'Lebn,
mia müaßn eahn gnätig
a Kerzengeld geb'n.
Jå g'schiacht wo a Unglück,
oft trågt si wås zua,
a jeder sågt's weiter
und tuat wås dazua.
Der Liachtermoar lebt heut no',
es is'eahm nit bång,
wem d'Leut scho' früah sterbn sehn,
lebt meistens recht lång.

Sepp Loibner

Was ein Tausendsassa ist, weiß ich, seit ich Sepp Loibner kenne. Der gebürtige Weststeirer ist einerseits der Prototyp einer jungen, erfolgreichen Bauerngeneration, vierfacher Familienvater und begeisterter Schauspieler und Sänger. Andrerseits ist er Journalist mit Leib und Seele, und damit hängt auch seine Leidenschaft für das Schreiben zusammen. Als guter Beobachter fällt es ihm leicht, Situationen und Menschen zu analysieren, mit einem Augenzwinkern unsre kleinen Fehler aufzudecken. Eine umwerfende Natürlichkeit prägt nicht nur sein Leben, man spürt sie auch in jedem Satz, den er schreibt.

Begegnung am Friedhof

Es treffn si am Friedhof holt
a Doktor und a Rechtsaunwolt.
Die zwoa woarn nie die bestn Freind,
im Gegental, fost spinnefeind.
Da Orzt faung au in oan sekiern:
„Herr Aunwolt, toa ma spekuliern?
Wal's g'wöhnlich **so** is noch'n Sterbn,
dass prozessiert wird zwisch' die Erbn?
A billig's Göld, Sie tat'n 's nemm,
san S' deswegn auf'n Friedhof kemm?"
Da Aunwolt gib in Orzt retour:
„Und Sie? Sie moch'n Inventur?"

Eifersucht

Mei Frau follt's himmaoast so schwaar
zan glabn, dass i **koa** Spitzbua waar.
Frali is da Aunreiz groß,
wo ma hinkummb, is wos los,
und mit die Deandla red i gern,
va däi is ollahaund zan hearn.
Und oftmols wird die Nocht holt laung,
bin oft in d' Friah erscht hoamzua gaung.
Dahoam faung dann mei Frau au redn:
„Bist wieda bei die Deandla g'wäin?
Sog die Woahrheit, ruck nur viara!"
Dann sog i meistens stüll zu ihra:
„I schau schoa, dass i nix vabrenn,
du muasst mi 'bissl unterstützn!
Schau, wenn i die Gefohr net kenn,
wia sull i mi vor ihra schützn?"

Gottfried Hofmann-Wellenhof

Die Gene des Herrn Papa (s. S. 72 ff.) sind sicher im Sohn wirksam geworden. Auch er schreibt. Und er beschreibt mit einem Schuss Selbstironie und erfrischendem Humor die kleinen Ereignisse und großen Abenteuer, die sich in seiner Familie abspielen. In seiner Großfamilie: neben ihm selbst und Gattin Astrid acht eigene Kinder und ein angenommener farbiger junger Mann. Und da trifft er, wie es sich erweist, den richtigen Ton: Seine Fangemeinde wächst mit jedem Buch, jeder Zeitungskolumne.

Ich habe meine Eltern und Geschwister geärgert

Ich habe zehn Jahre meines Lebens gebraucht, um zu begreifen, dass der Osterhase mein Vater war. Alle Mitschüler waren früher dran – wie bei anderen Dingen auch. Die Eiersuche war von nun an nicht mehr so zauberhaft-geheimnisvoll wie ehedem. Aber da mein Vater immer neue Verstecke auskundschaftete, war der Ostersonntag für meine vier Geschwister und mich noch viele Jahre aufregend. Seine Aufgabe als Osterhase erfüllte mein Vater stets mit demselben Ernst und großer Hingabe. Schlich durchs Haus, während wir noch schliefen, um an bekannten und jährlich neu ausgedachten Plätzen Schokoeier, friedlich daliegende Lämmlein, Häschen und Marzipankonfekt zu verstecken.

Einmal tat er vielleicht des Guten zu viel. Von den fünf friedlich daliegenden Schokoladelämmchen war eines auch nach penibelster Recherche nicht mehr aufzufinden, obwohl Eltern und Kinder auf allen Vieren das Haus durchkämmten.

Da der Osterfriede damals für kurze Zeit gefährdet schien – wer verzichtet schon freiwillig auf ein friedlich daliegendes Schokoladelämmchen? –, kaufte mein Vater in den folgenden Jahren ein sechstes, das in kritischen Situationen gewissermaßen als Reserveschaf mühelos ins Spiel gebracht werden konnte.

Übrigens: Das verschollene Lämmchen wurde Monate später, arg ramponiert, am unteren Ende eines Stockbettpfostens von meiner jüngeren Schwester gefunden, notgeschlachtet und auf der Stelle verspeist.

Auf den Ostersonntag freuten wir Kinder uns schon lange im Voraus. Erster Höhepunkt war der Palmsonntag. Die kleine Kinderhand umspannte aufgeregt den Palmbuschen, bis endlich der Pfarrer an die erste Bankreihe trat und Buchsbaum und Palmkatzerln segnete.

Einmal war er krank und wurde durch einen auswärtigen Kollegen vertreten. Der hochwürdige Herr tauchte mit großer Lust und Ausdauer das Aspergill in den Kessel. Das Weihwasser verspritzte er jedoch nicht nur auf die dargebotenen Palmbuschen, er hatte es vor allem auf die Brillenträger unter den Gläubigen abgesehen. Zielte regelrecht auf deren Sehhilfen (auch Glatzen wählte er gerne als Zielscheiben). Jährlich hofften wir Buben aufs Neue, der humorvolle Gottesmann würde sein Gastspiel wiederholen, aber er kam nie wieder.

Unvergesslich auch die Beichte. Wir mussten uns in Zweierreihen aufstellen und ganz ruhig sein. Jedes Mal beschlich mich eine leise Angst, dass mir im Beichtstuhl keine Sünden einfallen könnten. Deshalb legte ich mir eine für immer und ewig zurecht: Ich habe meine Eltern und Geschwister geärgert. Ich stehe also in einer langen Schlange, endlich bin ich dran. Der Beichtstuhl ist dunkel, über meinem Kopf hängt ein großes Kruzifix. Plötzlich gleitet das Brett vor meinem Gesicht zur Seite, und ich beginne mit stockender Stimme: „Ich habe das letzte Mal vor vier Wochen gebeichtet. Ich bekenne vor Gott, dass ich folgende Sünden begangen habe: Ich habe meine Eltern und Geschwister geärgert." Schweigen. „Noch etwas?" – Gewiss habe ich weitere Sünden begangen, aber sie fallen mir in der Aufregung nicht ein. „Wenn das alles ist, sagst zwei Vaterunser und zwei Gegrüßet seist du Maria auf, ja?" Das Brett wird vor das Gitter geschoben, es ist wieder dunkel, und ich bin entlassen.

Auf der Kirchenbank neben mir knien meine Schulkollegen, die auch zwei Vaterunser und zwei „Gegrüßet seist du, Maria" beten müssen.

Die so genannte Ohrenbeichte war in einem Jahr keine wirkliche. Der Priester, auf Grund einer Ohrenentzündung sichtlich gehandicapt, forderte uns kleine Sünder auf, laut und deutlich zu sprechen. Mein Sitznachbar Friedl tat vielleicht des Guten zu viel: „Ich habe meine Eltern und Geschwister geärgert", brüllte er in die Stille des Gotteshauses. Schnell flatterte befreiendes Gelächter unter den Wartenden auf, die Bangnis der Beichte war mit einem Mal verflogen.

Großer Wert wurde seitens unserer Religionslehrerin auf die richtige Einnahme der Hostie gelegt. „Wenn ihr vor dem

Priester steht, müsst ihr die Zunge herausstrecken. Die
Oblate dürft ihr auf keinen Fall zerbeißen und kauen."
Ich hatte also den Leib Christi auf der Zunge liegen und
wusste nicht, was ich mit ihm machen sollte. Manchmal
pickte der Leib Christi am Gaumen. Dann versuchte ich, die
Zungenspitze einzurollen und so den Leib Christi herunter-
zubekommen. Manchmal half auch das nicht, und ich musste
den Leib Christi mit dem rechten Zeigefinger von meinem
Gaumen kletzeln.
Es war nicht richtig, ich weiß. Aber ich bin mir sicher: Gott
hat mir verziehen.

Heiteres über Hanns Koren

Niedergeschrieben von Johannes Koren

Hanns Koren, einstiger Landtagspräsident, der als Kulturpolitiker mit seiner Aufgeschlossenheit für Neues in der Steiermark viel bewirkt hatte, könnte stolz auf die lange Publikationsliste seines Sohnes sein. Dieser, Johannes Koren, beschäftigt sich thematisch vor allem mit Persönlichkeiten, Landschaft, Geschichte und Kulturgeschichte von Graz und der Steiermark. Auf die Frage, ob er zu diesem humorigen Büchlein etwas beitragen würde, schlug er Erinnerungen an heitere Erlebnisse mit seinem Vater vor.

Der Huat wird hin

Es trug sich in jenen Jahren zu, in denen Hanns Koren sich anschickte, der Erste zu werden, der in Volkskunde bei seinem geliebten und verehrten Lehrer, Viktor von Geramb, den Doktorgrad erwarb, so um 1931 herum also. Koren stand nicht nur als fleißiger und genauer Student seinem akademischen Lehrer nahe, er wurde von diesem auch in seine Stammtischrunde beim „Wienerwirt" in der Mariatrosterstraße eingeführt, bei dem u. a. Max Mell, Franz Nabl und Viktor Theiss gern gesehene Gäste waren. Geramb nahm ihn auch zu der einmal in der Woche beim „Zotter" auf dem Karmeliterplatz „tagenden" Kegelrunde mit, bei welcher der große Volkskundler als gestrenger Schriftführer mit der Kreide in der Hand einen Galgen oder noch unfreundlichere Symbole auf die Tafel schrieb. Und wenn es gerade passte, durfte der Schüler den Lehrer auch auf einen Spaziergang begleiten.

So geschah es, dass an einem freundlichen Tag Geramb und
Koren, der, wie sich bei dieser Gelegenheit zeigte, schon damals über einen beachtlichen Bekanntenkreis verfügte, über
den „Eisernen Tor Platz", vorbei an der goldenen Madonna
– hoch über den Köpfen – und der Stadtpfarrkirche durch
die Herrengasse dem Hauptplatz zustrebten. Als die beiden
Plaudernden endlich beim Luegg angekommen waren, hielten
sie inne, Geramb blickte mit gütigen Augen auf seinen fünf-
undzwanzigjährigen Schüler und sagte verschmitzt: „Weißt,
Koren, es ist ja ganz lustig, mit dir spazieren zu gehen. Aber
der Huat wird hin." Sprachs und enteilte durch die Sporgasse
in Richtung Volkskundemuseum.

Die Sommersprossen

Schauplatz des folgenden Geschehens war der urgemütliche
Gastraum in einem alteingesessenen Hotel im Zentrum von
Lienz. Hanns Koren hatte sich auf der Rückfahrt von Schen-
na, wo er wieder einmal die letzte Ruhestätte des Steirischen
Prinzen, Erzherzog Johanns, besucht hatte, hierher zur Einnahme eines Frühschoppens oder, wie man anderswo sagen
würde, eines Gabelfrühstücks zurückgezogen.
Rund um den schweren Holztisch, an dem er sich mit dem
ältesten Sohn, der ausnahmsweise hatte mitkommen dürfen,
und selbstverständlich mit seinem Chauffeur, Franz Jamer-
negg, niedergelassen hatte, erklang eine wohlige Musik,

deren Hauptklänge das Murmeln der Gäste und das dazwischenklingende Stakkato von Messern und Gabeln bildeten. Die Herren hatten die Röcke abgelegt und warteten in weißen Hemdsärmeln auf das Gulasch, welches ihnen alsbald serviert wurde. Vor ihnen standen kühle Getränke in beschlagenen Gläsern, und mitten auf dem Tisch stand das Körbchen mit reschen Semmeln und Salzstangerln, denen man ansah, dass sie die Backstube noch nicht lange verlassen hatten. Ein munteres Schmausen begann. Als der Sohn eine Semmel zerbrach und die Stücke ins Gulasch legte, um sie von dort, vollgesogen mit dem köstlichen Saft, mit der Gabel in Richtung Mund zu bewegen, erklang die mahnende Stimme des Vaters. „Pass auf, was du tust. Die Semmeln sind so frisch, dass sie bei deiner Behandlung zerspringen werden. Gleich wirst du das Gulasch auf deinem Hemd haben." Die Antwort beinhaltete irgendwelche Weisheiten über mündige junge Menschen, die schon wüssten, wie man isst, und andere Klugheiten. Kaum war sie zu Ende gesprochen und die Gabel erneut in ein Stück Semmel gesteckt, als es geschah. Mit leisem Krachen zersprang, wie vom Vater vorhergesehen, das Gebäck, und bestimmte Gesetze der Physik wurden wirksam. Semmelstücke setzten sich in Bewegung, gefolgt von Spritzern der Gulaschsauce.

Aber siehe da, es kam anders, als der Vater vorhergesagt. Der Sohn saß mit blütenreinem Hemd und sauberem Gesicht da. Aber auf der anderen Seite des Tisches prangten, unter den erstaunten Augen des Chauffeurs, auf dem Antlitz des Herrn Landeshauptmannstellvertreters eine erhebliche Anzahl von

prachtvoll duftenden Sommersprossen. Weitere Gulaschbe-
standteile hatten den Weg auf sein Hemd gefunden und wieder andere in sein gut frisiertes Haupthaar.

Es war auf einmal sehr still rundum, während die Zornesröte
ins Gesicht des Vaters stieg. Der Übeltäter wurde durch eine
junge Dame vor gröberer Unbill bewahrt, die wie aus dem
Nichts auftauchte und mit heißem Wasser auf sauberem Tuch
Gesicht und Hemd des starr dasitzenden Vaters zu reinigen
begann. Wieder einigermaßen sauber, gelang diesem sogar ein
etwas mühevolles Lächeln, als er sich anschickte zu zahlen,
um dann ungewöhnlich rasch aus dem gastlichen Raum zu
entfliehen.

Hanns Koren und Hans Kloepfer

Es war irgendwann nach 1970. Die Buchhandlung Moser
schickte sich an, eine Auslage zu gestalten, in der ausschließ-
lich Bücher von Hanns Koren präsentiert werden sollten. Zur
besonderen Dekoration erbat man von Koren ein Porträtbild.
Wenn möglich kein Foto. Und so geschah es, dass der Landtagspräsident jenes Aquarellporträt zur Verfügung stellte,
welches von der Hand der bekannten Malerin Erika Klöpfer
stammte und das sich zur malerischen Qualität dadurch aus-
zeichnete, dass es in beachtlicher Größe mit „E. Klöpfer"
signiert war. Die Auslage rief, nicht zuletzt durch das Bild,
großes Interesse hervor.

Eines Tages stand der Hanns Koren mit einem seiner Söhne
vor dem Landhaus und wartete auf einen Bekannten. Da kam
behände, wie es seine Art war, der „Bundesstaatliche Volks-
bildungsreferent", Hofrat Dr. Hubert Lendl, die Herrengasse
herunter, der gerade noch vor der beschriebenen Auslage
beim Moser gestanden war. Er sah die beiden Wartenden
und ging freundlich auf sie zu. Bevor noch Grüße gewechselt
wurden, schaute Lendl seinen Freund besonders genau an und
umkreiste ihn förmlich mit Blicken. Als Hanns Koren dem
Spezi lange genug zugeschaut hatte, sagte er: „Ja Hubert, was
hast du denn heute? Ist an mir irgendetwas anders als sonst?"
Da antwortete Lendl. „Nein, das nicht, es ist nur unglaublich,
wie du dem Kloepfer ähnlich schaust." Nach einer Sekunde
des beiderseitigen Staunens lachten die beiden hell auf und
begrüßten sich dann so freundlich wie kaum einmal zuvor.

Ewald Autengruber

Nach Wanderjahren als Schauspieler, Regisseur und Oberspielleiter verschlug es Ewald Autengruber in die Redaktion der „Kleinen Zeitung", wo er mit seiner täglichen Berichterstattung aus dem Gerichtssaal einen großen, treuen Leserkreis hatte. Dieses „Kleine Bezirksgericht" erschien mehrmals in Buchform. Vor allem aber war er, hinter dessen heiterer Miene sich Melancholie und Skepsis verbargen, Motor des „hauseigenen" Kabaretts „Die Galeristen", für das er textete und in dem er auch immer wieder (umjubelt) aufgetreten ist.

Anton und der Christbaum

Eines Vormittags, man schrieb den 3. Dezember, schritt der Toni energisch fürbaß: Er hatte einen eisglatten und strapaziösen Weg vor sich, aber er ließ sich durch nichts abschrecken – ein Mensch, der Böses im Sinn hat, ist wie eine unter Dampf stehende Lokomotive.

Folglich von nichts aufzuhalten.

Nach etwa anderthalb Stunden lag der Wald der Verheißung vor ihm: herrliche Bäume, ebenmäßige Wipfel, alles kostenlos. Ein Traum. Und über der ganzen Gegend lag Ruhe. Ein leichter Wind war alles, was sich da bewegte.

Der Toni, der ein vorsorglicher Mensch war, wollte sich nämlich sein Weihnachtsbäumel besorgen. Auf einer Lichtung sah er eine fröhlich emporragende „kloane Feicht'n", sie „bettelte" förmlich ums Mitnehmen – und damit s' nicht gestohlen wird, nahm sie der Toni mit sich.

Auf der Landstraße hielt er einen Kombi an und fragte: „Kaun i mitfoan?"

„Freili", sagte der Lenker und verstaute den Baum im Laderaum; dann kroch der Toni ins Wageninnere.

Da ihn die Füße schmerzten, hatte er es vorgezogen, mit der Umwelt Kontakt aufzunehmen. Es war, wie man vorausschicken kann, kein erfreulicher Kontakt.

„Woher hast'n des Baml?" fragte der Lenker.

„Von durtn", sagte der junge Mann und wies mit dem Kopf, mit einem Nicker also, in Richtung Wald. „Der Besitzer is a guata Freind von mia!"

„Aha", brummte der Lenker und würdigte seinen Fahrgast keines Blickes mehr. Im nächsten Ort blieb er stehen und ließ hören: „Wart', i kimm glei!"

Nach kurzer Zeit wurde die Wagentür aufgerissen, und vor Toni stand furchterregend ein Abschnitzel der irdischen Gerechtigkeit, ein Gendarmeriebeamter: „Kumm außi! Woher is des Baml?"

Der Toni rafft alle Kräfte zusammen: „Den hot mir der Woldbesitza g'schenkt, des is a Freind von mir!"

Jetzt ließ sich der Kombifahrer wie folgt hören: „Der Wold g'hört mia, oba di kenn i net!"

Dem Toni fiel nun leider nichts Vernünftiges mehr ein, wozu auch, von einem Waldbesitzer kann man keinen Sinn für Zusammengehörigkeit, kein soziales Solidaritätsgefühl verlangen.

„De klane Feicht'n" kam dem Anton K. auf insgesamt 2300 S. Ungemein preiswert für so „a Baml"?

Das Wunder der Grenzsteine

Gleichgültig, ob es ein großes oder ein kleines Wunder war,
eines ist sicher: Was dem Landwirt Karl F. widerfuhr, durfte auf
jeden Fall „a Wunder" genannt werden.

Es war allerdings kein allzuschweres; eher ein leichtes, aber
doch auch nutzbringendes.

Als Wundertäter ersten Ranges stand der Landwirt Florian G.
vor dem Richter: Da war nämlich von der Wiese des Nachbarn
Karl ein ganz erhebliches Stück verschwunden, sozusagen in
des Wortes wahrster und buchstäblicher Bedeutung – vom
Erdboden verschwunden.

Mit anderen Worten: Die Grenzsteine hatten sich im Laufe
der Jahre etwas verändert, es handelte sich also um sogenannte
Wandersteine, und auch so was grenzt beinahe ans Wunderbare.
Leider nimmt das Gericht dergleichen nicht als „a Wunder"
zur Kenntnis, sondern als Schweinerei, weil das Wandern von
Grenzsteinen und das damit automatisch verbundene Schmä-
lerwerden eines im Grundbuch fixierten Stücks Wiese aus
grundsätzlicher Erwägung ins Strafrechtliche gehören.

Woraus einwandfrei zu entnehmen ist, wie sehr das Studium
der Jurisprudenz den Menschen verbösert.

Die Sachlage war die folgende: Der Landwirt Karl, der mit
seinem Nachbarn Florian in einem Zustand innigster Feind-
schaft lebte, nannte eine Wiese sein eigen, die direkt neben
dem Florlschen Acker lag.

Und dieses Wiesenstück wurde von Jahr zu Jahr kleiner.

Als der Herr Karl eines Tages wieder genau Nachschau hielt, sah er etwas, was kaum mehr vorhanden war: seine Wies'n. Sie sah so aus, als sei sie eingegangen.

Und so wurde der Florian vor den Richter gebeten, weil er in dringendem Verdacht stand, der unbekannte Wundertäter gewesen zu sein.

Richter: „Also, haben S' den Grenzstein versetzt?"

Der Florl schaute mit großen Karpfenaugen auf:

„Wos sull i taun ham? I woaß von nix, des ois is ma völlig schleiahoft, i kunnt's glatt schwörn …"

„Nur das nicht", sagte der Richter und spielte auf eine Geschichte an, die dem Florl in der Drangsal der Verhandlung vor zwei Jahren passiert war: Er hatte einen falschen Eid abgelegt, aber so, wie's in einer solchen Sache der Brauch ist, nämlich vorsichtshalber mit Zeige- und Mittelfinger der linken Hand nach unten, hinterm Rücken natürlich, denn so was braucht man, so was muß man machen, wenn man den falschen Schwur von oben nach unten ableiten will, sozusagen „in d' Erd' eini".

Das geht dann in der Art des Blitzableiters; man kann das auch mit einem Erdapfel in der Linken machen, aber die zwei Finger sollen doch wirksamer sein.

Da die Sachlage in ihrem ganzen Ausmaß noch nicht zu überblicken war, wurde vertagt. Übrigens: Die Randsteine stehen wieder am alten Fleck. Und da soll's wirklich keine Wunder geben?

Der Sturz der Frau Hermine

Die Frau Hermengildis war Hausmeisterin und die ungekrönte Königin eines dreistöckigen Hauses: Ihre körperlichen Reize befanden sich gerade in jenem sonderbaren Zeitpunkt, wo sie anfangen, sehr zu verblassen.

Nun kann auch eine wahre Hausgöttin nicht damit rechnen, ernst genommen zu werden, wenn sie Hermengildis heißt; sie verkürzte also ihren Namen auf Hermi.

Und als Hermi war sie der Schrecken aller Mieter: Sie beherrschte Hof und Stiegenhaus, und ihre Anweisungen waren so gut wie Gesetzesvorlagen.

Es hätte auch im ganzen Gebäude wohl kaum jemand widersprochen, wenn's nicht die Frau Malwine gegeben hätte: Malwine war um zwei Köpfe kleiner als ihre Widersacherin, rundlich und resolut.

Die beiden Damen hatten einander sehr lieb. Je weniger sie voneinander sahen, desto mehr liebten sie sich. Jede war für die andere ein glühender Funke im Auge, ein immerwährender Zahnschmerz.

Im September hatte Malwine ihre Wäsche in den Hof getragen, um sie dort auf die hauseigene Trockenanlage zu hängen – man zog einfach vermittels Kurbel die Wäsche hoch, und dort oben konnte sie dann im Wind hängen, wenn ein Wind vorhanden war.

Kaum waren die ersten Stücke befestigt, tauchte Frau Hermi auf, gleichfalls einen Wäschekorb unterm Arm; sie sagte:
„Wiasou san Se heut do?"

Es war, wie man sieht, genügend Konfliktstoff gegeben.

Frau Malwine stellte fest: „Wer z'erscht kummt, der hängt sei' Wäsch' auf!" Und mit diesem Merksatz betrachtete sie das Gespräch als versickert.

Hier wäre nun ein Kompromiß durchaus am Platz gewesen, aber die beiden Damen standen wie die Felsen, das Resultat war niederschmetternd.

Die Hausgöttin, die stets auf Ordnung und Disziplin geachtet hatte und sich somit einen Kranz aus unverwelkbarem Lorbeer flechten durfte, wurde persönlich: „Waunn i sulchtane Wäsch' hätt', i hängert s' am Dachboudn auf, daß kana de Hodern siecht, oba des geht net, weil S' oubn Ihre Gurkenglasln und die Mamilad steh'n ham." Dann meint sie noch, dass die Wäsche der Malwine in jämmerlichem Zustand sei; wenn man ihre Wäsche auf der einen Seite „z'ammnaht", dann müsste sie automatisch auf der anderen zu „Fetz'n zafolln".

Um der Sache ein Ende zu setzen, zeigte sie zur Hoftür: „Zupfen S' Ihnan!" Es war eine große Geste, und so musste weiland auch die Eva aus dem paradiesischen Obstgarten gewiesen worden sein.

Da hatte aber Malwine schon nach dem Haupthaar der Hausmeisterin gegriffen, und weil's falsch war, blieb es auf dem Boden; die „Göttin" entfleuchte, Malwine hing das Haar auf den Wäschestrick, zog es hoch, und da flatterte es einen Tag im Wind – was Malwine bei Gericht 3000 Schilling einbrachte. Sie hat's gern bezahlt.

Herbert Zinkl

„Er ist ein so braver Bub", sagte Hans Weigel über Herbert Zinkl und meinte
damit die immer gleich bleibende Qualität seiner schriftstellerischen Arbeiten.
Er schreibt Prosa und Lyrik; sein Erinnerungsbuch „Lausige Zeiten. Eine
Jugend zwischen 1934 und 1945" ist längst zu einem Standardwerk geworden,
das auch im Unterricht Verwendung findet.
Er ist auch sonst kulturell sehr aktiv. Sein Ragnitzbad in Graz ist immer
wieder Austragungsort literarischer und musikalischer Veranstaltungen.
Auch der „Literarische Flohmarkt" ist dort angesiedelt.

Besuch aus dem Bildschirm

Unsere Großmutter ist 82 Jahre alt, sie nährt sich von Kaffee
und Butterkipferln, war nie krank, geht kaum aus dem Haus,
und seit wir ihr den Fernsehapparat geschenkt haben, beklagt
sie sich auch nicht mehr, dass wir sie viel allein lassen. Eigentlich ist sie gar nicht unsere Großmutter, bloß eine entfernte
Verwandte der Großmutter jenes jungen Mädchens, das Lehrerin werden will und – wie ich – bei der Alten ein Zimmer in
Untermiete bewohnt. Der Einfachheit halber nennen wir sie
Oma, und wenn wir Besuch haben, stellen wir sie als unsere
Großmutter vor.
Den meisten Leuten gefällt die alte Dame, weil sie so rüstig
ist, jeder will wissen, wie sie das mache mit dem Altwerden.
Sie sagt, mit dem Kaffee und den Butterkipferln, wovon,
wie mir mein Freund, der Medizinstudent, versichert, kein
Mensch auf Dauer leben könne, weil darin so gut wie keine

Vitamine enthalten sind. Aber unsere Oma kümmert sich nicht um Vitamine und lebt.

Mit dem Fernseher haben wir ihr eine große Freude bereitet. Sie sei jetzt, so sagt sie, nicht mehr so allein wie früher. Eines Tages – der Kasten stand noch nicht lange in ihrer guten Stube – erzählte sie uns mit roten Wangen, sie habe gestern Abend noch Besuch gehabt.

„So", sagten wir, „Besuch, so spät, wer war denn da?"

„Der freundliche Herr vom Fernsehen", verriet Oma, und ihr weißes Haar leuchtete.

„Welcher denn? Es gibt da mehrere."

Sie meine den, der immer am Wochenende zu den Alten und Kranken komme.

„Aber Oma!" belehrten wie sie. „Gestern war Samstag, da hatte er in seiner Sendung zu tun."

„Ja, eben! Es war während seiner Sendung."

„Das war eine Live-Sendung", sagten wir. „Weißt du, was das heißt, live?"

„Nein, aber ihr werdet es mir erklären."

„Also, gib acht! Live kommt aus dem Englischen und heißt lebend. Eine lebendige Sendung also. Darunter versteht man eine Direktsendung. Eine Direktsendung ist eine Sendung, die im Augenblick ihrer Produktion ausgestrahlt, gesendet wird. Der Mann war gestern Abend im Fernsehstudio, du konntest ihn also nur via Bildschirm sehen."

„Davon rede ich ja", sagte die Oma. „Ich habe ihn laif gesehen, ganz und gar lebendig! Und er mich, denn er hat mit mir gesprochen."

„Aber Oma! Das Fernsehbild ist wie eine Fotografie! Du kannst sie sehen, aber sie kann dich nicht sehen."

„Ha", sagte die Oma. „Habt ihr jemals eine Fotografie reden hören? Aber er, er hat mit mir gesprochen!"

„Also gut. Das Fernsehbild ist natürlich kein gewöhnliches Bild, keine Fotografie an sich. Der Fernsehapparat ist ein komplizierter technischer Kasten mit Röhren, elektrischen Wicklungen und einem Lautsprecher. Das Bild wird über Hunderte Kilometer durch die Wellen in der Luft übertragen. Alle Menschen, die eine Sendung eingeschaltet haben, können sehen und hören, was darin vorgeht, was gesprochen wird."

„Er hat mir geantwortet", beharrte die Oma. „Und er war sehr lieb und freundlich zu mir."

Die angehende Lehrerin sah mich verzweifelt an. Lieber unterrichtete sie Dreijährige als so halsstarrige alte Leute. Wir versuchten noch einmal, ihr die Sache auf einfache Art verständlich zu machen. Es gibt ja für alles auf Erden einfache Erklärungen. „Der Kasten hier ist an sich tot. Durch den Strom in den Wicklungen werden die Röhren instand gesetzt, die Wellen und Schwingungen in der Luft einzufangen, sie für unsere Augen und Ohren sichtbar und hörbar zu machen."

„Sichtbar und hörbar!" Die Großmutter nickte eifrig. „Das braucht ihr mir nicht zu erklären. Ich sage ja, dass ich ihn gesehen und gehört habe. Und als er mit mir redete, gab ich ihm Antwort. Oder glaubt ihr, ich werde unhöflich sein und stumm dasitzen?"

Ich versuchte, sie auf eine Bewusstseinstrübung durch Wachtraum und Halbschlaf hinzuweisen, aber da wurde sie gleich scharf: „Glaubt ihr, ich schlafe beim Fernsehen!?"

Mein Freund, der Medizinstudent, meinte, dies sei offenkundig eine Folge ihrer einseitigen Ernährung. Immer nur Kaffee und Butterkipferln, das könne nicht gut gehen. Sie leide an jener berüchtigten Verkalkung, die als Altersstarrsinn manifest werde.

Wir versuchten nicht mehr, der Oma ihren Besuch auszureden. Wir wollten sie nicht verärgern, die Zimmer, welche sie uns vermietet hatte, waren schön gelegen und preiswert. Es lohnte sich, auf die Eigenheiten der Vermieterin ein wenig einzugehen. Die Besucher aus dem Bildschirm gaben bei unserer Großmutter allmählich einander die Klinke in die Hände. Sie drängten sich um sie, kamen zu ihr, um sich Rat zu holen, besprachen mit ihr, wie sie sich in schwierigen Situationen ihrer jeweiligen Rollen verhalten sollten. Sie griff auch direkt in das Bildschirmgeschehen ein, und einmal rettete sie einem Wildwesthelden sogar das Leben, als sie ihn durch ihren Zuruf rechtzeitig auf einen hinter einem Busch verborgenen Indianer aufmerksam machte.

Früher hatte Oma auf ihre Kleidung wenig Wert gelegt. Sie trug am liebsten, woran sie durch langen Gebrauch gewöhnt war. Auf einmal fing sie an, sich Abend für Abend herzurichten. Sie holte Kleider aus dem Schrank, die dort seit Jahren ungenützt hingen, probierte ihre ältesten, inzwischen wieder modern gewordenen Hüte, entwickelte unübersehbare Merkmale der Gefallsucht.

„Gefällt euch das rote Seidenkleid zu dem schwarzen Hut
besser oder das blaue samtene?"
Wir rieten ihr zur ersten Kombination. Sie belehrte uns: „Ihm
gefällt das blaue samtene am besten."
Hinfort bekleidete sie sich jeden Abend damit, ungeachtet
der Spuren von Mottenfraß, die es aufwies.
Sie lud uns manchmal ein, zu ihr zum Fernsehen zu kommen,
aber nicht in Hausschuhen und Arbeitsmantel, so erwarte
man keine Gäste (das galt mir), aber auch nicht in so kurzen
Kitteln, die kaum über die Scham reichten (das galt der künf-
tigen Kindererzieherin).
Einmal nahmen wir ihre Einladung an. Über den Bildschirm
lief ein uralter Film, den man zum zehnten Todestag des Haupt-
darstellers spielte. Großmutter verstand sich mit dem sympathi-
schen Burschen ausgezeichnet. Sie gab ihm ihre
Tipps und bezog, was ihn seine Rolle sprechen hieß, auf sich.
Sie war sehr aufgeräumt, und als der Film zu Ende ging,
lud sie den verblichenen Star ein, doch bald wieder zu kommen.
Wir tolerierten ihre Begeisterung für seine Schauspielerei,
fühlten uns aber aus Gründen der historischen Ordnung verpflichtet, sie auf den vor zehn Jahren erfolgten Tod des Mi-
men hinzuweisen. Sie sah uns an und schüttelte den Kopf.
„Der ist so lebendig wie ihr beide!"
„Mausetot ist er!" beharrte ich. „Tot wie eine ertränkte Katze."
Die angehende Lehrerin unterstützte mich: „Alle Welt weiß,
daß er tot ist."
„Ihr habt doch gesehen, wie er auf- und abgegangen ist, wie
könnt ihr sagen: er ist tot!"

„In allen Zeitungen ist es gestanden, als er gestorben ist. Nichts ist von ihm übrig als ein paar Knochen, alles Fleisch haben längst die Würmer gefressen."

„Ach, die Zeitungen!" sagte Großmutter. „Ihr dürft nicht alles glauben, was in den Zeitungen steht. Haben sie nicht behauptet, diese Woche werde es regnen, und was ist? – Der blaue Himmel! Ihr seid zu leichtgläubig."

Ich erlitt einen Schweißausbruch. „Aber Oma, dieser Mann ist so tot wie Alexander der Große!"

Sie öffnete die Tür und sagte freundlich: „Geht jetzt schlafen, ihr seid sicher müde."

Mein Freund, der Medizinstudent, schlug in einem seiner dicken Bücher nach, seine Stirn furchte sich vor Nachdenken wie ein Acker unterm Pflug. „Solange sie nicht bösartig wird, kann man von außen nichts dagegen tun."

Von bösartig könne keine Rede sein, meinte die Pädagogin. „Sie behauptet bloß Dinge, die es nicht gibt."

„Und das zermürbt uns", sprang ich ihr bei.

„Eben", sagte der Mediziner, „ihr müsst versuchen, sie zu einer Kostumstellung zu bewegen. Sie sollte mageres Fleisch oder Topfen zu sich nehmen. Darin ist leicht verdauliches Eiweiß enthalten, Nahrung für das Gehirn alter Menschen."

Wir brachten Großmutter ein mageres, aber saftiges Steak. Sie sagte: „Pfui, ihr Tiermörder! Wollt ihr mich vergiften?
Außerdem kann ich es nicht mehr beißen."

„Wir faschieren es dir."

Faschiertes habe sie nicht einmal gegessen, als sie noch
Fleisch gegessen habe, meinte sie … und brühte sich in See-
lenruhe ihren Kaffee aus.

Wir kauften ihr Topfen. – „Topfen verträgt mein Magen
nicht!" wehrte Oma ab.

„Alle Magenkranken dürfen Topfen essen, sollen es sogar, er
hat Heilkraft."

„Ich bin doch nicht magenkrank!"

Es wäre fruchtlos gewesen, ihr verständlich machen zu wollen, der Topfen würde auf dem Umweg über Magen, Leber
und Blut ihre Gehirnzellen nähren und solcherart den Be-
sucherstrom aus dem Bildschirm stoppen. Sie war glücklich
dabei, verschmähte Fleisch und Topfen, schmauste dreimal
am Tag Kaffee mit Butterkipferln und empfing jeden Abend
ihre Gäste. Sie kamen in Scharen. Ihr Liebling, der Krankenbesucher vom Wochenende, schleppte allerlei interessante
Leute ins Haus. Eines Abends brachte er einen Zirkuskünstler,
der mit einem dressierten Hündchen sein Brot verdiente. Der
Hund ging auf den Hinterbeinen, machte mit den Pfoten
„bitte, bitte", ließ sich einen breitkrempigen Hut aufsetzen
und konnte sogar rechnen.

„Er soll zählen!" rief die Oma. „Bis zehn, das bringt er garan-
tiert hin." Sie habe einen zählenden Hund seinerzeit im Zir-
kus Kludsky gesehen, der daraufhin mit Mann, Maus, Elefan-
ten und zählendem Hund im Ozean versunken sei.

Der Hund zählte bereits!

Unsere Großmutter gab den Nachbarn zu verstehen, sie hätten das Kunststück mit dem zählenden Hund ihrem Einfluss

auf den Dresseur zu verdanken. Die Leute nickten bewundernd und grinsten hinterhältig, sobald sie der Großmutter den Rücken kehrten.

„Seht ihr", sagte sie triumphierend, „die sind nicht solche ungläubige Thomasse wie ihr!"

Der Medizinstudent sagte, eines Tages werde es einen Knacks geben, und dann werde sie nicht einmal mehr in ihr Bett finden. In solchen Fällen gebe es immer einen Knacks.

Ob er nicht vielleicht zu schwarz sehe?

Er? – Nie!

Die Zeit verging. Der Mediziner bestand eine Prüfung nach der anderen. Unsere Großmutter trotzte seinen wissenschaftlichen Erkenntnissen, sie war eine jener Ausnahmen, durch welche Regeln bestätigt werden. Sie tauchte ihre Kipferln in den Kaffee und nährte sich hartnäckig von der vitaminlosen Kost. Ihre Besucher empfing sie in blauem Samt, schwarzem Taft, roter Seide, in Plissee, Rüschen, mit und ohne Kragen. Sie ging nie aus dem Haus und war dennoch auf dem Laufenden.

Allmählich gewöhnten wir uns an die vielen Besucher. Wenigstens war bei uns immer etwas los. Hie und da fingen wir auch schon an, mit den Leuten zu reden. Dann strahlte die Oma und servierte uns Kaffee mit Butterkipferln.

Übrigens – gestern Abend war wieder der Krankenbesucher da. Er gehört bei uns schon zur Familie. Ich frage mich nur, was es ihn angeht, welche Krawatten ich trage. Mir gefallen seine ja auch nicht. Nächstes Mal, wenn er wieder davon anfängt, werde ich ihm aber meine Meinung sagen!

Gerda Klimek

*Sie war von Kind auf „versessen auf Literatur, Musik, Theater – am liebsten
alles gleichzeitig...", sagt Gerda Klimek von sich selbst. Ihre Wünsche
gingen in Erfüllung. Sie war zunächst Schauspielerin am Grazer Landes-
theater, machte im Rundfunk Karriere, spielte und spielt Kabarett, schrieb
und schreibt Kabaretttexte, Chansons (die oft erstaunlich poetisch sind),
Bücher. Sie erfindet Veranstaltungsreihen, betreut Theatergruppen usw. usf.
Gerda Klimek und ihr Mann Sepp Trummer sind seit langem ein eingespieltes
Team und aus der steirischen (humorigen oder ernsten) Kulturszene nicht
wegzudenken.*

Der Kammerton

Ein Apfel hing auf einem Ast
im Garten Eden,
und Adam, least, jedoch nicht last,
der hatte nichts zu reden,
nur zu träumen
unter Bäumen.

Doch als so lange nichts geschah,
da hörte Adam einen Klang:
Es war der erste Ton,
das A,
das da so sang.
Es war ein A, so apfelrein.
Was machte Eva, dieses Aas?

Sie sang hinein!
Genas
Dann eines Sohns, ganz respektabel,
der hieß
Abel.
Dann weiß man noch von den Leuten,
daß Gott sie nicht mehr ertrug,
daß Kain den Abel erschlug …
Ja, man hört sie noch heute streiten,
es ist der ewige Jammer:
Sie hausen zu fünft in der Kammer:
Die ersten Menschen, die Schwiegermama
(die Schlange!), der Sohn und der Ton,
das A.

Das haben sie nun davon:
den Kammerton!
Und alle Geiger, die sich Himmel und Hölle verpflichten,
müssen sich künftig danach richten!
A …. lleluja!

Was Politiker tun …

Sie eröffnen alle Messen
und sie gehn zu manchem Essen,
sie durchschneiden neue Bandeln
und vermauern alte Wandeln,

sie verkraften alle Witze,
sie beschweren Ehrensitze,
steigen auf und in die Fasseln,
legen Pflaster in die Gasseln,
lernen singen, müssen blasen,
jagen Hirschen, Reh und Hasen,
ja, man sieht sie Fahnen hissen
oder kleine Kinder küssen,
Kränze tun sie niederlegen,
in die Mess' gehns um an Segen,
im Theater müssens paschen,
bei der Kochausstellung naschen,
rote Teppich tuns beschreiten,
wenns verlangt wird, siegst es reiten,
Bamer pflanzen, Schiffe taufen,
wenns verlangt wird, siegst es saufen,
Kohlen fördern, Blumen tragen,
tausend guate Wörter sagen,
radeln, schifahrn, prüfen, kosten,
Weichen stelln am neuchen Posten,
jeder Obmann tuts benützen:
„Bitt, Herr Stadtrat, ehrenschützen!"
Jausnen tuns mit alten Damen
und zu allem sagens Amen.
Und da manst du, alte Pflurrn,
daß Politiker nix tuan!!

Die steirische Tarantella

Sie steht neben seiner
und traut si net einer.
Da kimm i net füra,
weil i schwärm ja für ihra.
Durch den hab i g'sehgn,
sie tat mi scha mögn.
Aber leider mit Schmäh
is nix z'mochen bei se.

Mei Braut, de hat an g'heirat',
der hat mehra Geld wia Heu,
in der Kirchen is er Beirat
und ban Sport is er dabei.
Glücklich is mit dem net wurdn,
denn bei dem fehlts hint und vurn.
Manchsmal kummens mi besuchen
wia die Weiber an Eunuchen.

Sie steht neben seiner
und traut si net einer.
Kimm na einer zu mir, du,
weil i steh ja auf dir, du.
Bleib bei meiner, du Schneck,
schick dein Haberer weg.
Aber leider mit Schmäh
is nix z'mochen bei se.

Emil Breisach

Er ist ein „Kulturmensch" im umfassendsten Sinn des Wortes: Emil Breisach.
Als Autor, Mitbegründer des Forum Stadtpark, Kabarettist, ORF-Intendant
und Präsident der Akademie Graz hat er immer und überall das Ziel ver-
folgt, junge Künstler zu fördern, aber auch den Boden zu bereiten für Offen-
heit und Toleranz in Kultur und Gesellschaft. Bei aller Ernsthaftigkeit seines
Tuns fehlen jedoch nie die lebenswichtige Prise Humor und eine charmante
Leichtigkeit, die ihn als Mensch so liebenswert machen.

Dialog über die Freizeit

Ferdl: Blasi – ?

Blasi: Ha?

Ferdl: Was machst'n du in da Freizeit?

Blasi: I? I mach Überstundn. Und du?

Ferdl: I hab an zweiten Beruf.

Blasi: Und da Dschäki?

Ferdl: Was is' mit'n Dschäki?

Blasi: Was der in seiner Freizeit macht?

Ferdl: Er hot an Wöllensittich.

Blasi: Und sunst?

Ferdl: Was sunst?

Blasi: Was er sunst macht?

Ferdl: Sunst geht er ins Kino.

Blasi: Und dann?

Ferdl: Dann geht er fernsehen.

Blasi: Und dann?

Ferdl: Dann geht er schlafn.

Blasi: Und da Wöllensittich?

Ferdl: Der geht a schlafn.

Blasi: Und da Charli?

Ferdl: Was is' mit'n Charli?

Blasi: Na, was der Charli in der Freizeit macht!

Ferdl: No, was wird er scho machen? Freizeit macht er!

Blasi: Was haßt Freizeit! Er muß do was machn!

Ferdl: Nix macht er!

Blasi: Nix?

Ferdl: Nix. Er liegt auf der Ottomane –

Blasi: Wo?

Ferdl: Auf der Ottomane und schaut in d' Luft.

Blasi: Er schaut in d'Luft?

Ferdl: Jo!

Blasi: Und was siecht er durt?

Ferdl: Na, was er halt siecht!

Blasi: Und was macht er damit?

Ferdl: Nix macht er!!

Blasi: Da könnt er do grad so guat schlafn!!!

Ferdl: Na, des könnt er net!!!

Blasi: Und warum net???

Ferdl: Weil er denkt!

Balsi: Da Charli denkt?

Ferdl: Ja, er denkt!!!

Blasi: Was denkt er denn?

Ferdl: Was er in seiner Freizeit machen könnt!

142

Aphorismen

Die Menschheit: eine Gattung, die sich in Selbstzerfleischung und Wundbehandlung übt.

Ein Empiriker ist einer, der ein Ei köpft und triumphierend ausruft: „Was zu beweisen war, wieder ein Dotter drin!"

Was für ein Journalismus, der die Augen zu- und die Beziehungen offenhält!

Oft ist Treue die Gabe, aus einem Mangel an Versuchung eine Tugend zu machen.

Die Menschen kommen als Originale auf die Welt und sterben als Kopien.

In Ermangelung der Persönlichkeit greift man zur Würde des Amtes.

Die Träume der Kinder sind Gott näher als die Wirklichkeiten der Erwachsenen.

Allzu rasch werden aus Genossen Genießer.

Der gestohlene Mantel

Richter: Angeklagte, Sie geben also zu, den besagten Nerz-
mantel entwendet zu haben?

Dame: Wenn Sie mit dem Ausdruck „entwendet" meinen, dass
ich ihn mitgenommen habe, dann stimmt das.

Richter: Sie haben den Mantel mitgenommen, ohne ihn zu
bezahlen!

Dame: Natürlich.

Richter: Was haben Sie gesagt?

Dame: Ich habe „natürlich" gesagt.

Richter: Sie finden es also natürlich, irgendeinen Mantel, der
Ihnen gar nicht gehört, einfach mitzunehmen?

Dame: Erstens, Herr Richter, war es nicht „irgendein" Mantel,
sondern ein ganz bestimmter, nämlich ein Modellmantel, der
mir schon lange gefallen hatte, und zweitens war es gar nicht
so „einfach", ihn „einfach" mitzunehmen. Ich musste allerlei
List anwenden!

Richter: Sie wurden aber trotz dieser List geschnappt, meine
Dame!

Dame: Bedauerlich. Es war ein so schöner Mantel, und jetzt
befindet er sich in den schmutzigen Händen Ihrer Polizisten!

Richter: Sie scheinen ja über Ihre Tat nicht die geringste Reue
zu empfinden!

Dame: Reue? Sie meinen, es müsste mir Leid tun, dass Sie mich
erwischt haben? Ja, das stimmt, Herr Richter! Stellen Sie sich
vor, ich hatte den Mantel erst dreimal angehabt!

Richter: Ich meine Reue über Ihren Diebstahl!

Dame: Weswegen, Herr Richter? Habe ich jemand mit meinem Diebstahl, wie Sie es nennen, gekränkt?

Richter: Wenn es weiter nichts wäre, dann würden Sie jetzt nicht vor Gericht stehen! Sie haben einem anderen Schaden zugefügt und damit gegen unsere Gesetze verstoßen!

Dame: Sie sind etwas weltfremd, Herr Richter! Der Schaden, den die Mantelfirma hatte, wird ihr ja schließlich ersetzt! Das Geschäft ist doch gegen Diebstahl versichert!

Richter: Dann hat eben die Versicherung den Schaden!

Dame: Ich darf doch an diesem Ort um etwas präzisere Formulierungen bitten! Die Versicherung hatte die vertraglich festgelegte Pflicht, die Firma im Falle eines Diebstahls schadlos zu halten.

Richter: Richtig! Die Versicherung musste den Mantel, den Sie gestohlen hatten, bezahlen.

Dame: Aber nun ergibt sich die Frage, mit welchem Geld? Doch mit jenem, das ihr die Firma zuvor für den Fall eines Diebstahls vorgestreckt hatte! Die Versicherung hat also zurückgegeben, was ihr gar nicht gehörte!

Richter: Sie hätte aber nichts zurückgeben müssen, wenn Sie den Mantel nicht gestohlen hätten!

Dame: Ich finde, Sie haben gar keinen Grund, das so triumphierend zu sagen! Schließlich sind Sie Richter und kein Versicherungsagent. Ich habe nur veranlasst, dass jemand Geld zurückgibt, das er sich geliehen hatte.

Richter: Sie meinen also, da könnte jeder hingehen und Mäntel stehlen, um für einen gerechten Ausgleich zu sorgen?

Dame: Nur solche Leute, die ein so pedantisches Rechtsemp-
finden haben wie ich!

Richter: Sie werden verzeihen, Angeklagte, dass mein Rechts-
empfinden noch etwas altmodisch ist.

Dame: Sie werden mich also verurteilen?

Richter: Ja, zu einer empfindlichen Geldstrafe.

Dame: Wie Sie wünschen. Die Höhe des Betrages geben Sie
bitte meiner Versicherung bekannt.

Richter: Sie werden doch nicht annehmen, dass Ihre Versicherung für eine Gerichtsstrafe haftet!?

Dame: Warum nicht? Ich bin doch auch gegen Diebstahl versichert!

Richter: Aber doch nur, wenn Ihnen etwas gestohlen wird!!!

Dame: Irrtum, Herr Richter! Ich habe Haftpflicht und Voll-
kasko abgeschlossen!

Rosa Mayer

Rosa Mayer gehört sicher zu den beliebtesten steirischen Heimatdichterinnen. Grund dafür war nicht nur ihr Talent, Mundartlyrik speziell zu bestimmten Ereignissen, über die Leut' und das Land geradezu spielerisch „herauszusprudeln" und in mehreren Bänden festzuhalten; viele ihrer Gedichte wurden auch vertont und haben heute bereits den Status eines Volksliedes.
Obwohl streng in Obermurtaler Mundart geschrieben, sind die Gedichte leicht zu lesen und jedes für sich Beweis für den klugen und heiteren Umgang mit dem Leben, wie Rosa Mayer ihn praktiziert hat.

's Eier legn

Die Reserl hot zan „roatn Oa"
va ihra Goutltant
a schwoarzweiß-gsprenglats Pipperl kriagg,
und wia holt Kinda sand,
laft s' olli Biat in Heahstoll schaun,
waunn 's Heahnl aunfaung z' legn,
und richtih kimmb sie hiatz oamol
mitroan kloan Oa'l zwegn.
„Schau, Muatta, va mein Gsprenglatn",
gaunz stulz hots Deandl ton,
„is nouh sou jung und tuat schoa legn,
göll, wos mei Pipperl kaunn.
Is ghuckt schea stüll im Nesterl drein,
aft is as obaghupft,

147

hot bißl gogazt und is glei
ban Guggerl aussigschlupft.
Und oa Henn gogazt olliwal,
dö mitn schölchn Komm,
und legn hon i sie goar nia gsegn,
wia reimt sih denn dös zomm?"
Drauf sogg die Muatta: „Mirk dar 's guat,
hosts hiatz jo sölba gsegn,
daß Heah, dö recht vül gogazn,
glei weani Oala legn."

Wiasou?

In da Friah ban Muntawern
geaht die Gaudi aun,
faungg schoa 's Büaberl aun zan frogn:
„Wiasou hot da Hauhn
hintnnoch sou lonki Federn
und die Henn hot koa,
warum is die Kuah sou groaß
und as Kaiberl kloa,
wiasou is oa Katzerl gscheckat
und as aunri grau,
warum mocht da Hund ‚Wouwou'
und die Kotz ‚Miau'?"
Wiasou – Warum … friah und spot,
woaß ouft net, wos sogn,

aba 's Büabl gibb net noch,
mäicht sih glei beklogn.
Wiar i nix dargleichn tua,
proutzt 's schoa: „Meinasix,
kaunn ma frogn, wos mar wüll,
wissen tuast wuhl nix."

's Lochn

Waunn i grod granti bin
und aft in Spiagl schau
und siag a Gsicht do drinn,
runzlat und grau,

denk i mar: „Meinasöll,
sull i dös eppa sein?"
Loch i wuhl auf da Stöll,
schau freundlih drein.

Wos hiatz da Spiagl zoagg,
is wiara Zaubagspül,
Wangla, schea frisch und roat,
Runzeln net vül.

Wos sou a Lochn kaunn
und koust koan Kreuza Göld,
schaust dih weit liaba aun,
gfreut dih die Wölt.

Walter Zitzenbacher

Walter Zitzenbacher – was war er nicht alles: Pressereferent der Vereinigten Bühnen; Verlagslektor (ich habe viel von ihm gelernt, danke Walter!); Hochschulprofessor usw. Er verfasste historische Romane („Raben im blauen Feld" über das Geschlecht der Eggenberger), kultur- und literaturgeschichtliche Abhandlungen; er schrieb Hörspiele, Chansons, Kabaretttexte und Gedichte mit einem leisen, wehmütigen Humor (siehe unten).
Eine Erinnerung: Es ist ihm einmal tatsächlich gelungen, auf einer dreiseitigen Speisekarte nichts Passendes für sich zu finden und – der nicht sehr große, rundliche Mann war der beste Tango-Tänzer, den man sich vorstellen kann.

Winzige Ballade

Er war ein Graf. Und sie war auch so ähnlich.
Ihr Kind – aus Plüsch – war bloß ein Teddybär,
doch taten sie, als ob's ein Prinzlein wär.
Nur seine Ohren waren so gewöhnlich.

Ihr Schloß – aus Eisen – warn drei große Kübel.
Die standen ganz versteckt. Das macht nichts. Nur,
dass drauf stand: „Stadtgemeinde – Müllabfuhr",
war nicht sehr gräflich. Und es roch auch übel.

Zum Essen gab es feinste Schleckereien.
– Das waren Steine, auch die Bäckereien. –
So spielten sie. – Und plötzlich ruft die Mutter.

Da laufen sie gemeinsam über Stufen
Und aus dem Stiegenhaus hört man sie rufen:
Heut ist es Sonntag! Fein! Da gibt es Butter!

Mädchen vor dem Kinoplakat

Ihr Kleid ist sicher aus der Konfektion.
Und beim Friseur war sie schon lange nicht.
Ein schlecht geschminkter Mund stört ihr Gesicht.
Gewaschen hat sie sich heut früh. Das schon.

So steht sie vor dem färbigen Plakat.
Der Herr drauf … ob es den wirklich gibt?
Und ob der etwa gar ein Mädchen liebt,
das nur für Sonntag schöne Schuhe hat?

Der ist bestimmt sehr reich und sehr galant.
Vielleicht küßt er … gewiß küßt er die Hand,
wenn sie einmal … sie träumt. Das ist so schön.

Ein Bursche kommt daher und stößt sie an.
Es ist der Karl. Der von nebenan.
Ach ja … Sie wollten doch ins Kino gehen.

Peter Vujica

Er sei, so sagte mir Peter Vujica kürzlich in einem Gespräch, sein Leben lang völlig ehrgeizlos gewesen und würde am liebsten heute wie damals überhaupt nichts tun, weder schreiben noch komponieren. Dass er dennoch zu einem außergewöhnlich pointierten Literaten und anerkannten Musikkritiker wurde, darf also als Glücksfall eines verfehlten Lebenskonzeptes gelten. Und es beweist, dass man sicherheitshalber nichts anstreben sollte, wenn man etwas erreichen will.

Koffertragödien

Kennen Sie meinen Koffer?

Dumme Frage. Woher sollten Sie ihn kennen? Ich kenne den ihren ja auch nicht. Um ehrlich zu sein, ich möchte ihn auch gar nicht kennen.

Und Sie werden auf meinen wahrscheinlich auch nicht neugierig sein, weil Ihnen der Ihrige reicht.

Ich nehme überhaupt an, dass einem jeden der seinige reicht. Das heißt, mir reicht der meinige nicht einmal. Ich habe gleich mehrere davon.

Gut, dass Koffer keine Frauen sind. Sonst hätte ich einen Harem. Und käme am Ende noch wegen Bi- oder Polygamie vor Gericht.

Doch bei Koffern ist das anders. Koffer darf man ja haben, so viele man möchte. Man braucht sie erst gar nicht zu heiraten. Man kann sie sich kaufen. Doch trotzdem kommt man auch von ihnen nicht los. Sie hängen an einem wie die Klötze. An mir zumindest. So sehr, dass ich den Erfinder des Koffers verfluche.

Doch die Flüche machen es nicht besser. Denn besonnen betrachtet, ist der Erfinder des Koffers eigentlich an seiner Erfindung völlig unschuldig. Er hat ihn ja nur erfunden, weil der Mensch ohne Koffer nicht auskommt.

Folgerichtig müsste man den Erfinder des Menschen verfluchen. Als religiöser Mensch darf man das aber schon gar nicht. Doch bei allem gebotenen Respekt vor dem lieben Gott kann ich diesem den Vorwurf dennoch nicht ersparen, dass der Mensch eine Fehlkonstruktion ist. Einfach deshalb, weil er einen Koffer braucht.

Mein Hund zum Beispiel braucht keinen Koffer. Warum kann ich nicht mein Hund sein? Ich würde mich, wenn ich erwache, nur zweimal beuteln, und das wär's dann auch schon.

Und ich? Und Sie?

Was hat ein Mensch an sich nicht zu reiben, zu wischen, zu nesteln und zu verhüllen, bis er endlich ein Mensch ist? Und alles, womit man reibt, wischt, nestelt, sich verhüllt, muss in den Koffer hinein. Und aus dem Koffer hinaus. Und wieder in den Koffer hinein.

Und weil das alles in einem einzigen Koffer nicht Platz hat, braucht man noch einen Koffer. Sodass es mir schon fast wünschenswert erschiene, ich wäre, wenn ich schon nicht mein Hund sein kann, wenigstens mein Koffer.

Außerdem unterstelle ich allen Koffern, dass sie boshaft sind. Richtig gemein. Sie sind auch, wenn sie leer sind, schwer. Zu schwer. Für mich zumindest. Und der Allerschwächste bin ich schließlich ja auch nicht.

Und ich behaupte, dass diese dämonischen Bösewichte im Geschäft, bevor man sie kauft, leichter sind und erst dann, wenn man sie zu Hause hat und auf die Regale und von diesen herunterwuchtet, ihre heuchlerische Maske fallen lassen und ihr wahres Gesicht – oder besser – Gewicht zeigen.

Ich sage Ihnen, Koffer sind Lebewesen. Liegt einer geöffnet vor mir, gerate ich in panische Angst. Ich unterstelle ihnen, dass sie das Gewicht aller zum Wischen, Reiben, Nesteln und Verhüllen unverzichtbaren Utensilien vervielfachen. Die Teufel wollen mich fertig machen.

Das führt mich dazu, dass ich kaum wage, etwas in meinen Koffer zu verstauen. Was zwangsweise dazu führt, dass ich, bin ich dann halbtot am Ziel meiner unseligen, und wie sich meist herausstellt, auch völlig überflüssigen Reise, mich gar nicht reiben, wischen und verhüllen kann, wie ich möchte, weil das, was ich dazu brauche, natürlich nicht im Koffer, sondern weit weg, zu Hause, wo ich nur allzu gerne geblieben wäre.

Oft überlege ich mir, ob ich meine Koffer allein auf die Reise schicken könnte. Sollten sie sich selber einpacken und auspacken! Sollen sie sich selber schleppen! Dann würde ihnen ihre Bosheit schon vergehen.

Und im Übrigen, stumpf, wie die Leute heutzutage sind, würde doch niemandem auffallen, wenn an meiner Stelle ein paar Koffer daherkämen.

Ein geduldiger Taxifahrer sagte, als ich erschöpft aus seinem Wagen kroch – in Unkenntnis meiner Profession, wohlgemerkt – , „eigentlich gehört das in die Zeitung".

Ich weiß nicht, ob er Recht hat. Denn wer solches berichtet, läuft Gefahr, als Reserve-Münchhausen belächelt zu werden.

Sie dürfen ruhig lächeln. Der Taxifahrer ist mein Zeuge. Wenn auch nur für der Tragödie zweiten Teil.

Ihr erster, der begab sich im schönen Verona. Und zwar am dortigen Bahnhof.

Sie müssen nämlich wissen, ich fliege nicht gerne. Und Autofahren mag ich schon gar nicht. Also kreuze ich per Eisenbahn quer durch Europa. Dazu ist die Benützung von Bahnhöfen unvermeidlich. Nicht nur zum Um- und Einsteigen, sondern auch zwecks Aufgabe manch schweren Gepäcksstückes an einen Zielbahnhof, den man erst einige Tage später zu erreichen gedenkt. Im vorliegenden Fall sollte ein Koffer – wie schon des Öfteren – vor mir die Reise von Verona nach Wien antreten.

Ich gehe zum vertrauten Schalter, wuchte meinen Koffer auf die blecherne Ablage. Der Beamte aber wiegt bedauernd sein Haupt und meint, ich müsste ganz hinauf und weit, weit nach vor, dort sei nun die Übernahmestelle untergebracht. Ich tat, wie mir geraten. Die Sonne glühte. Plötzlich stand ich am Ende des Perrons, dort wo sich die Gleise in die Ferne verzweigen. Ich machte kehrt. Ich schleppte in die entgegengesetzte Richtung. Die Sonne glühte in dieselbe. Endlich ließ sich ein uniformierter Würdenträger blicken.

Auf meine verzweifelte Frage, wo ich denn endlich meinen Koffer ab- und aufgeben könnte, wies er in die Richtung, aus der ich gerade anschwankte, kniff die Augen zusammen, als wollte er etwas sehr weit Entferntes ausmachen, und wies nach einem kleinen Hüttchen am hitzeflirrenden Horizont, weit im Gewirr der Gleise.

Von der Nähe natürlich erwies sich das Häuschen als ausgewachsenes Frachtgutmagazin mit zahllosen Ein- und Ausschlüpfen. Als ich endlich den richtigen erwischt hatte, blickte mir der zuständige Beamte fest und nicht ohne gütige Anteilnahme in die Augen. Ob es tatsächlich mein Wunsch sei, diesen Koffer nach Wien zu senden, wollte er wissen.

Bald enthüllte sich mir der abgründige Sinn seiner Frage: Der Koffertransport sei nämlich sehr teuer geworden. Nach Wien koste so etwas 90.000 Lire, das sind über 600 Schilling. Vor der Wahl, beim Zurückschleppen des Koffers ums Leben zu kommen oder mich auf diesen räuberischen Deal einzulassen, wählte ich, egoistisch wie ich nun einmal bin, die zweite Möglichkeit.

Nicht ohne die stille Hoffnung, dass um diesen Preis bei meiner gestrigen Ankunft am Wiener Südbahnhof schon ein Begrüßungskomitee samt Blaskapelle bereitstehen würde, das mir den Koffer mit Grüßen der Generaldirektion der Italienischen Staats- und der Österreichischen Bundesbahnen überreicht.

Die Hoffnung erfüllte sich nicht. Ich begab mich, wie üblich, zum Frachtgutschalter, wies siegessicher mein Formular aus Verona vor. Auch hier stieß ich nur auf maliziöses Lächeln. Seit 1. Juli habe man die Gepäckaufgabestelle eingespart. Ich müsse mich auf den Frachtbahnhof in der Eichenstraße begeben.

Nun tritt mein Zeuge auf den Plan, der Taxifahrer. Er führte mich, wohin man mich schickte. Wir kreuzten zwischen Gebäuden und Toren. Wurden abgewiesen und weiterverwiesen. Endlich gelangten wir dahin, wo ich meinen Koffer vermuten durfte. Dort aber traf ich nur auf das gütige Verständnis zweier freundlicher Herren.

Ein Koffer aus Italien? Nie gesehen. Am Montag erst aufgegeben? Der kann doch noch nicht da sein. Das dauert sechs bis elf Tage. Man versorgte mich mit einer Telefonnummer. Ich könnte ja in den nächsten Tagen einmal anrufen und fragen, ob der Koffer schon da sei.

Da stehen meine Leiden früher in der Zeitung. Wie der Taxifahrer es wollte.

Wolfgang Bauer

1968 war die Uraufführung von Wolfi Bauers „Magic Afternoon" in Han-
nover ein umjubelter Erfolg; 1975 gerieten die „Gespenster" in Graz zu einem
Theaterskandal. Die Zustimmung Weniger ging unter im wütenden Protest-
sturm Vieler. Es war Hanns Koren (s. S. 118ff.), Präsident des „steirischen
herbst", den man auf der Straße immer ursteirisch in Wetterfleck und weitem
Steirerhut antreffen konnte, der damals im Landtag in einer flammenden Rede
die Freiheit der Kunst verteidigte und damit die steirische Avantgarde salon-
fähig machte. Der Roman in Briefen „Der Fieberkopf" ist (vordergründig)
ein witziger Text, in dem die Briefpartner ständig aneinander vorbeischreiben,
da sie ihre Briefe und Antwortbriefe immer am selben Tag aufgeben ... Wenn
Wolfi Bauer selbst aus dem „Fieberkopf" gelesen hat, war das ein Ereignis der
Sonderklasse.

Fiebriger Briefwechsel

Eilbrief / eingeschrieben

Lieber Frank,   Villach, am 23. Dezember 1963

Dein Brief hat sich leider mit meinem gekreuzt. Sicherlich
auch meiner mit Deinem. Trotzdem vielen Dank dafür! Traf
gestern Ferdinand Schuller, einen alten Bekannten. Du wirst
ihn nicht kennen. Er hat mir erzählt, daß Fanny (Du kennst
sie bestimmt nicht) ihr zweites Baby erwartet. Da das erste
ein Mädchen war, erhoffte sie sich, sagt Schuller, jetzt einen

Buben. Er sagt, sie meine, so etwas könne man nie genau vor-
aussagen.

Nochmals herzlichen Dank für Deinen Brief, ein frohes
Christkindl, mit den besten Wünschen

Dein Heinz

Fröhliches Weihnachtsfest und ein Prosit Neujahr, Karin

Neujahrswünsche folgen, Heinz

P. S. Das mit dem Thermometer geht also in Ordnung?

Telegramm aus Graz am 24. Dezember 1963 / 6.30 Uhr

BRIEFE HABEN SICH ABERMALS GEKREUZT – STOP
– FROHES FEST! – STOP – INZWISCHEN HIER NICHTS
NEUES! – STOP – THERMOMETER KAPUTT!! – STOP
– BRIEF FOLGT – STOP – FRANK

Telegramm aus Villach am 24. Dezember 1963 / 6.30 Uhr

BRIEFE ANSCHEINEND ZUGLEICH ABGESCHICKT
– STOP – FROHE WEIHNACHTEN – STOP – SCHUL-
LER WAR HEUTE WIEDER BEI MIR – STOP – ER SAGT
ULF SEI KRANK – STOP – KENNE ULF NICHT – STOP –
DASS DU DAS THERMOMETER GEKAUFT HAST HAST
DU SCHON IM VORLETZTEN BRIEF GESCHRIEBEN!

– STOP – FUNKTIONIERT ES? – STOP – BRIEF FOLGT
– HEINZ –STOP – KARIN

Expreßpaket mit beiliegendem Brief, aufgegeben am Bahnhofspostamt in
Graz, am 25. Dezember 1963

Lieber Heinz,
auch unsere Telegramme haben sich gekreuzt! Habe Dich
deshalb um Mitternacht anrufen wollen, doch war Deine
Leitung andauernd besetzt. Ich schicke Dir anbei das kaputte
Thermometer und hoffe, daß Du als alter Fachmann einen
Rat weißt. Ich hoffe, daß ich dadurch Deine Zeit nicht zu
sehr beanspruche.

Beste Grüße Dir und Deiner kleinen Karin,

Dein ratloser Frank

P. S. Schreibe mir bitte gleich, was an meinem Thermometer
schadhaft ist, Du weißt, ich bin in großer Sorge.

Expreßkarte, aufgegeben am Bahnhofspostamt in Villach am 25. Dezember
1963

Lieber Frank,
nun kreuzen sich also schon unsere Telegramme! Habe ver-
sucht, Dich deshalb um Mitternacht anzurufen, doch es war

leider immer besetzt bei Dir. Schicksal. Schuller wollte mich heute früh besuchen, ist aber nicht gekommen. Ich hätte gern gewußt, wie es Ulf geht. Apropos Thermometer: Du kannst es, wenn Du willst, mir einfach schicken. Du weißt, ich verstehe ein wenig davon. Ich weiß, was dieses Malheur für Dich bedeutet!

Dein treuer Freund Heinz

P. S. Karin ist im Augenblick nicht hier, sonst hätte sie bestimmt unterschrieben.

Lieber Heinz,   Graz, am 28. Dezember 1963

nachdem sich all unsere Postsendungen zu kreuzen scheinen, habe ich es mir überlegt, Dir den langen Neujahrsbrief zu schicken. Ich werde Dir jetzt so lange nicht schreiben, bis ich von Dir eine eindeutige Antwort auf diesen Brief erhalte. Verzeih mir, aber ich denke, es ist die einzige Möglichkeit, uns normal zu verständigen.

Dein Frank

P. S. Fast hätte ich's vergessen! Wie geht es meinem Thermometer? Ist es denn überhaupt zu reparieren?

Nachwort

„Hier irrt Christine" –
muss ich in Anlehnung an eine Anekdote um einen Dichter-
heroen mein Nachwort beginnen. Der Verlag war es zunächst
– nicht ich und nicht wir –, der die Idee zu vorliegendem
Büchlein geboren hatte – eine Idee, die bei mir anfangs gar
nicht so funkensprühend zündete: „Heiteres aus der Steiermark" ??? Na, ja.
Nachdem ich Christine Brunnsteiner als Mitherausgeberin
gewinnen konnte (es geht eben nichts über einen gesunden
Egoismus, dachte ich mir doch zu Recht, dass sie durch ihre
Sendungen in Funk und Fernsehen an der sprichwörtlichen
Quelle sitzen würde), ließ ich mich aber gerne von ihrer Begeisterung und entwaffnenden Ehrlichkeit mitreißen: „Ja fein,
endlich, dann brauch ich mir nicht immer alles mühsam aus
den verschiedensten Werken zusammensuchen." (Ja, ja, auch
hier geht eben nichts über einen gesunden Egoismus.)
Und so kam ein Text zum anderen, und immer wieder hieß es:
„Ja, ja, aber da gibt es noch …" Oder: „Das sollte unbedingt
noch hinein …" Bald mussten wir schmerzlich feststellen, dass
Viele und Vieles nicht berücksichtigt werden konnten, dass da
noch ein zweiter, ein dritter Band entstehen könnte, dass die
steirische Kabarettszene, die wir unberücksichtigt lassen mussten, ein eigenes Büchlein wert wäre usw. usf.
Was die Mundart betrifft, die in diesem Buch häufig zu finden
ist, bitte ich die geneigten Leser, sich an Peter Rosegger zu

halten, der da sagt: „Ohne williges Einlesen wird sich keinem der Reiz der Mundart erschließen." (Apropos und in eigener Sache: Da Mundart immer etwas Lebendiges ist und vom gesprochenen, nicht vom geschriebenen Wort lebt, haben wir die verschiedenen Schreibweisen nicht vereinheitlicht.) Danke sagen möchte ich auch: allen voran den Autorinnen und Autoren, die in diesem Büchlein versammelt sind, gleich ob ihr Text vor 400 Jahren oder kürzlich entstanden ist. (Ein Verlag ist immer nur so viel wert, wie seine Autoren wert sind, darum tut er gut daran, sie zu hätscheln und zu pflegen.) Weiters Christine Brunnsteiner für schon viele Jahre erprobtes, immer wieder problemloses, erfreuliches und anregendes Zusammenarbeiten; dem Verlag, der Herstellung, der Werbung, den Buchhändlern; den immer freundlichen Damen und Herren der Steiermärkischen Landesbibliothek für kompetenten und geduldigen Beistand in Such- und anderen Nöten; und natürlich unseren (hoffentlich zahllosen) Leserinnen und Lesern, denen ich zum Schluss mit Karl Panzenbeck zurufen möchte:

„Folgt uns und nehmt mit diesem Buch vorlieb; und wählt daraus, was Euch gerade passt."

Elke Vujica

Quellenhinweise

Der Verlag dankt allen Autorinnen, Autoren, Verlagen und Rechte-
inhabern für freundlich gewährte Abdruckgenehmigungen.

Abraham a Sancta Clara: Darumb, die Eheleut ... Aus: Judas der Ertzschelm, in: Abraham a St. Claras sämmtliche Werke. Friedrich Winkler,
Passau 1835

Erzherzog Johann von Österreich: Brief vom 27. Oktober 1843; Im August
1817...: beides © Dr. Hannes Lambauer, Steiermärkische Landesbibliothek, Graz

Der Steirer SEPPEL. Humoristisch-satyrisches Volksblatt: vom 14. 6. 1866; 4. 3.
1882; 8. 5. 1891. Auszuheben in der Steiermärkischen Landesbibliothek,
Graz

Peter Rosegger: Da Regnschirm; Da Herrgott liabt d Welt; Die Entdeckung
von Amerika; Als ich das erste Mal auf dem Dampfwagen saß; Mit Breta
vaschlogn; Därf ih s Dirndl liabn? Alle aus: Gesammelte Werke. Hrsg.
von Jost Perfahl. Nymphenburger Verlagsanstalt, München 1989

Paula Grogger: Man ißt sein Sauerkraut und schweigt, aus: Die Hochzeit.
Ein Spiel vom Prinzen Johann. Verlag Styria, Graz, 3 1996; Sche kracke
wui, aus: Späte Matura oder Pegasus im Joch. Verlag Styria, Graz 1975.
© Christian Vasold, Graz

Hans W. Moser: D' Hoartracht; Ausseer Oasprüchln. Beides aus: Denk
nach und lach a weng. Ausgewählte Dichtungen in steirischer Mundart.
Verlag Styria, Graz, 1966. © Erna Moser, Öblarn

Otto Sommerstorff: Die arme kleine Idee. Tagespost vom 17. 2. 1933, Graz

Hans Fraungruber: Die Grabschrift, aus: Ausseer G'schichten. Leipzig,
o.Jahr. 's gscheite Büabl; A Gschichtl, aus: Steirische Gedichte. Leykam
Verlag, Graz. © Herbert Fraungruber, Wien

Erich Gaiswinkler: Oa siaß' Wort; Mei, oamal muaß 's halt sei; I moa, hiatz
bin i gscheiter wordn! Alle: © beim Autor

Martha Wölger: Da Hexnschuß, aus: Obersteirischer Hoamatkalender.
Verlag Styria, Graz 1964. Mei Wecker; Der Gärtner, seine Pölzerl und a
Regnschirm ...; Wer klopft? Alle aus: Rund uman Sunnberg. Das große

Martha Wölger Buch. Verlag Styria, Graz 199o. © Ing. Christian Wölger, Stainach (im Namen seiner Geschwister). Homepage: www.woelger.net

Hans Kloepfer: Dahoam; Das Konsilium; Jo do eppa net! Alle aus: Gesammelte Werke. Alpenlandbuchhandlung Südmark, Graz l967. © Leopold Stocker Verlag, Graz

Otto Hofmann-Wellenhof: Der Streitvogel: © Gottfried Hofmann-Wellenhof, Graz

Doris Mühringer: Zwei Ratten verlockte der Schatten ...; Poetenehe; Ihren Dichter umschlang seine Muse ...; Friedhofgärtners Reklametafel. Alle aus: Es verirrt sich die Zeit. Das Gesammelte Werk. Hrsg. v. Helmuth Niederle. © Vier-Viertel-Verlag, Strasshof 2005

Alois Hergouth: Erfahrung; Motto; Phlegmatisch; Liebestragik; Reumütig; Doktrinär; Avantgarde; Illustriert; Humorig. Alle aus: Hergouth & Waldorf meinen: Es bleibt dabei. Styrian Artline, Graz 1977. © Mag. Georg Frena, Graz

Eduard Walcher: Da kolti Winta; Da oobrouchni Fuaß. Aus: Gstunkn und dalougn. Aufschneidagschichtn. Verlag Styria, Graz 1972

Paul Kaufmann: Der Herr Parteiobmann besucht Küßnabel. Aus: Anton der IV. und die rote Veronika. Ein unernster Roman. Paul Zsolnay Verlag, Wien 1984. © beim Autor

Reinhard P. Gruber: Vom wilden Westen der Steiermark. Aus: Das Schilcher ABC. © Literaturverlag Droschl, Graz 1988. anhang: der steirische gamsbart: die steirische SPRACHE. Aus: Aus dem Leben Hödlmosers. Ein steirischer Roman mit Regie. © Residenz Verlag, Salzburg 1973 und 1982

Günter Eichberger: Der Rundum-Steirer. Aus: Der Doppelgänger des Verwandlungskünstlers. Satirische Dichterporträts. Verlag Styria, Graz 1994. © beim Autor

Karl Panzenbeck: Die Waglbacher Volksschule ...; „Am besten ißt man ...“; Der Waglbach macht ...: Alle aus: Bei uns in Waglbach. Stadtferne Sachen kurz und zum Lachen. Verlag Styria, Graz 1970

Ernst Grill: Hast as scho' g'hört? Aus: Ernst und heiter. Eigenverlag. © beim Autor

Sepp Loibner: Eifersucht; Begegnung am Friedhof. Aus: Ins Leb'n g'schaut. Eigenverlag 2003. © beim Autor

Gottfried Hofmann-Wellenhof: Ich habe meine Eltern und Geschwister geärgert © beim Autor

Johannes Koren: Heiteres über Hanns Koren: Der Huat wird hin; Die Sommersprossen; Hanns Koren und Hans Kloepfer. © beim Autor

Ewald Autengruber: Anton und der Christbaum; Das Wunder der Grenzsteine; Der Sturz der Frau Hermine. Alle aus: Kleines Bezirksgericht. Verlag Ulrich Moser, Graz 1984. © Irmgard Autengruber, Graz

Herbert Zinkl: Besuch aus dem Bildschirm. © beim Autor

Gerda Klimek: Der Kammerton; Was Politiker tun …; Die steirische Tarantella. Alle: © beim Autor

Emil Breisach: Dialog über die Freizeit; Aphorismen; Der gestohlene Mantel. Alle: © beim Autor

Rosa Mayer: 's Eier legn; Wiasou; 's Lochn. Aus: Rosa Mayer, Net vazogn. Gedichte in obersteirischer Mundart. Verlag Erich Mlakar, Judenburg 1977. © Dipl.-Ing. Reinhard Mayer, Fohnsdorf

Walter Zitzenbacher: Winzige Ballade; Mädchen vor dem Kinoplakat. Aus: Gesehenes, Übersehenes, Erträumtes. © Edition Strahalm, Graz 1998

Peter Vujica: Koffertragödien. Aus: „Bitte, blättern Sie weiter." Die besten Kolumnen aus acht Jahren Standard. Hrsg. von Thomas Trenkler. © Czernin Verlag, Wien 2000.

Wolfgang Bauer: Ein fiebriger Briefwechsel. Aus: Der Fieberkopf, Roman. Werke in sieben Bänden. Vierter Band. Hrsg. von Gerhard Melzer. © Literaturverlag Droschl, Graz 1986

Musik und Texte der CD

1. Da Regnschirm 2:13
   Text: Peter Rosegger

2. Mit Breta vaschlogn 1:39
   Text: Peter Rosegger

3. s' gscheite Büabl 0:21
   Text: Hans Fraungruber

4. A Gschichtl 1:11
   Text: Hans Fraungruber

5. Polka 2:42
   Urheber: J. Höpperger,
   Bearbeitung: E. Schuler
   Interpreten: Harfenduo Eveline
   Schuler und Anni Kitz

6. Oa siaß' Wort 0:59
   Text: Erich Gaiswinkler

7. Mei, oamal muaß 's halt sei
   0:42
   Text: Erich Gaiswinkler

8. Da Hexnschuß 1:47
   Text: Martha Wölger

9. Der Gärtner, seine Pölzerl
   und a Regnschirm 3:51
   Text: Martha Wölger

10. Wer klopft? 1:22
    Text: Martha Wölger

11. Harfenlandler 2:42
    Volksweise, Bearbeitung: E. Schuler
    Interpreten: Zitherduo Eveline und
    Manfred Schuler

12. Phlegmatisch 0:18
    Text: Alois Hergouth

13. Liebestragik 0:16
    Text: Alois Hergouth

14. Reumütig 0:14
    Text: Alois Hergouth

15. Doktrinär 0:18
    Text: Alois Hergouth

16. Avantgarde 0:15
    Text: Alois Hergouth

17. Illustriert 0:15
    Text: Alois Hergouth

18. Humorig 0:15
    Text: Alois Hergouth

19. Poetenehe 0:15
    Text: Doris Mühringer

20. Ihren Dichter umschlang
    seine Muse ... 0:17
    Text: Doris Mühringer

21. Friedhofgärtners Reklame-
    tafel 0:24
    Text: Doris Mühringer

Alle Musikstücke mit freundlicher
Genehmigung von
BOGNER RECORDS